ん3
異世界店でお待ちしてます

Menu

れは彼の瞳がこの国の出身である祖父から遺伝したためだ。

両親を幼い頃に亡くし、洋食店『レストランかのん』を経営していた父方の祖父母に引き取られた亜弥と悠真は、祖父母からたくさんの愛情を注がれ、美味しい料理と共に育った。二人とも調理の道へ進み、シェフとして腕を振るっていたが、ある日——心臓発作で倒れた祖母を庇《かば》って、亜弥と悠真はトラックに轢《ひ》かれてしまう。

その時、亡くなったはずの祖父が現れ、今まで黙っていたが自分は異世界の出身者だと告げた。唖然とする亜弥と悠真を抱きしめ、祖父は若くして命を落とす愛《いと》しい孫を不憫《ふびん》に思い、最期の力で異世界へ転送させた。

「異世界とこの世界は対になっている。それぞれ進化の仕方が違うだけで、神は同じものを与えてくれた。だから全てのことがこちらとよく似ているんだ。亜弥、悠真、どうかあちらの世界で幸せになってくれ——」

祖父の言葉が終わった直後、亜弥と悠真はこちらの世界へと飛ばされた。

しかし、意識を取り戻した時には、亜弥は悠真とはぐれ、ひとりになっていた。

「悠真——どこにいるの？　悠真!!」

懸命に弟を呼ぶ中、亜弥はひとりの男性と出会った。

「君は誰だ？　黒髪とは珍しい。この国の人ではないのか？」

凛とした声の主は、金で縁《ふち》どられた襟《えり》と肩章《かたしょう》を付けた、純白の騎士団衣姿の男性だった。

流れるような金髪と空のように澄んだ双眸《そうぼう》、彫りが深くて色白の彼は、今まで見た誰よりも美麗《びれい》で、すらりとした長身に、真紅のマントが日差しを照り返しながら眩《まぶ》しく揺れていた。

「私……私は……どこから来たのか、覚えていません」

咄嗟についた亜弥の嘘を見抜いたのか、彼は亜弥が怖がらないように、膝を曲げるようにして視線を合わせると、迷子の子供を安心させるように、小さく微笑《ほほえ》んだ。

「怖がることはない。俺は騎士団長をしているレイオーン・ファイだ。君に危害を加えないと約束する」

青空のように澄んだ彼の瞳は穏やかで、亜弥はこの人なら信じて全てを話しても大丈夫だと思い、深呼吸をした。

「レイオーンさん……実は私、ここではない違う世界から——異世界から来ました」

「異世界だと!?」

瞠目《どうもく》する彼に、亜弥は表情を強張らせたまま頷き、ぐっと拳を握りしめると、今までのことを順を追って話した。

騎士団長でありファイ伯爵家の当主であるレイオーンは、行く当てのない亜弥を自分の邸《やしき》へ住むように手配し、弟の悠真を探してくれたが、なかなか見つからなかった。

テレビもラジオもないこの国で悠真を探すために、亜弥はレイオーンに助けてもらいながら、東の都の大通りの店舗《てんぽ》を借りて『レストランかのん』を開店した。

（どうか悠真に、お店の噂が届いて、私がここにいると伝わりますように）

はたして、甘味《かんみ》王国と呼ばれるロゼリフ国の食生活はカロリー過多《かた》で、人々は太っていた。

しかも調理に時間をかける習慣がなく、半煮えの食材に砂糖をまぶすだけの食事が中心だったので、亜弥が作る美味しい料理は驚きと共に受け入れられていく。

じきに『レストランかのん』は人気店になり、亜弥は無事に悠真と再会できた。

それから姉弟は力を合わせて『レストランかのん』を切り盛りしていく。

二人を受け入れてくれたこの国の人々へ、美味しい料理を食べてもらい、恩返しをしたいという、新たな目標を胸に……。

そして――。

「楽しそうに料理を作り、一生懸命に頑張る亜弥を見守るうちに、ひとりの女性として君を支えたいと思うようになった。君のことが好きだ。俺と付き合ってほしい。できれば結婚を前提に」

亜弥は信じられないうれしい言葉をレイオーンからもらった。

こちらの世界に飛ばされてからずっと、そばで見守り励《はげ》ましてくれるレイオーンに感謝してきた。その気持ちが恋へ変化したのはいつ頃からだろう。料理に夢中だった亜弥にとって、初めての恋だった。

「わ、私も……レイオーンさんのことが好きです。これからもずっと、そばにいたいです」

折々の彼からの励ましが胸にあふれて、目の奥と喉が焼けるように熱くなり、亜弥は顔を伏せたまま、肩を小さく震わせた。

「亜弥——君と出会えた奇跡に、心から感謝している」

レイオーンの穏やかな声が胸の奥深くで響き、亜弥の頬を涙の雫が伝い落ちた。

早いもので、亜弥がこちらの世界へ来て、レイオーンと出会った日から、もう一年以上の年月が経っていた。

第一話　帰省した母とエッグベネディクト

1

澄んだ青空の下、爽やかな一陣の風が吹き抜けていく。

「──ありがとうございました」

亜弥と悠真の元気のよい声と、カランコロンと鳴るドアベルの音が明るく溶け合い、閉店の時間になった。

本日最後のお客さんを見送ったあと、亜弥は外へ出て手をかざしながら店を見上げた。

やわらかくなってきた日差しが、レストランかのんの青色の屋根と赤いレンガの壁を包み込むように照らしている。

ロゼリフ国では気温が一日の中で大きく変化するため、この国の人々は一日のうちで昼食を一番たくさん食べる。そうした事情から、レストランかのんはランチタイムのみ営業している。

そして新しく始めたスイーツのテイクアウトも、ランチ同様に好評だ。東の都の人々はもちろん、王都や西の都などから、オーク族やドワーフ族など、たくさんのお客さんが来店して、小さな店内はいつも賑《にぎ》やかだ。

亜弥は頬を緩めてドアにかかっている木製の『ようこそ』と書かれたプレートを外して、手のひらで優しく文字をなぞった。

レストランかのんのメニューが、糖分過多だったこの国の人々に驚きと共に受け入れられ、一年が経った。今ではロゼリフ国全体に『レストランかのん』で美味しい料理が食べられると評判が広がっている。

今では亜弥にとって、このロゼリフ国も日本と同じ大切な故郷だ。

店内に戻ってプレートを棚の上に置くと、亜弥と悠真は手際《てぎわ》よく後片付けを始める。大きな調理台に洗った鍋や食器類を並べて置き、乾燥させている間に、二人は順番に奥の小部屋でコックコートを脱ぎ、私服に着替えた。

亜弥はこの国の若い娘が着るくるぶしまであるワンピース姿で、悠真は薄手のシャツにベストを合わせている。

「それじゃあ、今日の食材から……」

片付けと着替えが終わるとテーブルに帳面を広げて、当日使用した食材や、売り上げの確認をおこなう。レイオーンに借りた初期費用は、こつこつと日々の売上金の中から返済し、完済できたので、今はスイーツ用の冷蔵ケースのような調理器具の購入のため、大切に貯金している。

そのあと調味料の棚を確認する。こちらの世界で砂糖は高価だが、ロゼリフ国はグスナー大陸一の砂糖原産国なので、比較的安定した価格で砂糖が流通していて助かっている。

他にもバターが高価で、なかなか手に入らないので、オリーブオイルを代わりに使うことも多い。そして醤油《しょうゆ》や味噌《みそ》はこの異世界では販売されておらず、亜弥と悠真は材料を工夫しながら、似たような味の調味料を作っている。翌日のメニューと仕入れる食材を記録して、今日の仕事が全て終わった。

「悠真、今日もお疲れ様」

「姉さんも」

互いに労い、ほっと息をつく。亜弥は厨房の奥にある食材庫から、ほんのりと甘い匂いがする紫色のムサーというハーブを取り出して、ガラス製のポットに入れた。

ムサーはラベンダーに似た多年草で、薬や調理に利用され、芳香《ほうこう》植物としても知られている。ロゼリフ国は薬草の種類が多く、ノンカフェインで体にやさしいハーブティーも、風邪《かぜ》で喉が痛い時や頭痛がする時などの治療として、よく利用されている。

沸騰したお湯をコポコポと注いで数分間蒸らし、出来上がったハーブティーをカップに注《そそ》いで、悠真と一緒に飲む。

「……美味しい。ほっとするね」

一気に飲み干した悠真のカップにおかわりを注ぐと、彼は目を細めて小さく笑みを浮かべた。

亜弥と悠真は早くに両親を亡くしたこともあり、普通より仲のよい姉弟だが、黒髪という共通点以外、二人はあまり似ていない。悠真は長身で切れ長の青色の双眸《そうぼう》をし、彫りの深い顔立ちをしているが、亜弥の方は大きくて丸い黒眼で、背はあまり高くない。

亜弥がひとつ年下の悠真に身長を抜かれたのは、中学に入ってすぐの時だった。誰に対しても穏やかで優しい悠真は、亜弥の自慢の弟だ。

ふと、馬の蹄《ひづめ》の音が店の方へ近づいてきた。

「もしかして、レイオーンさんかも……」

つぶやいた亜弥が腰を浮かせる。じきにカランとドアにつけたベルのやわらかな音が響いた。

「亜弥、ユーマくん、閉店後にすまない。近くまで視察に来たので、寄らせてもらった」

謝罪の言葉と共に店内に入ってきたのは、亜弥の予想通り、金色の肩章をつけた逞《たくま》しい騎士団長のレイオーンだ。

「レイオーンさん、いらっしゃい」

亜弥と悠真の声が重なる。

金髪と青空のような瞳、高い鼻梁《びりよう》と形のよい唇、驚くほど整った顔立ちをしたレイオーンは、騎士団長と東の都の領主であるファイ家の現当主を兼務する、多忙な亜弥の恋人だ。

「レイオーンさん、ハーブティーをどうぞ」

「ありがとう」

亜弥が淹れたハーブティーを飲み、レイオーンが息をつく。

「優しい味で、疲れが取れる。美味しいよ、亜弥」

彼と目が合うとくすぐったいような、ふわふわした幸せな気持ちが亜弥の胸の中に広がっていく。

「よかったです。お昼は食べたのですか？」

多忙だとつい食事を抜いてしまうレイオーンが心配で尋ねると、彼は苦笑して小さく頷いた。

「仕事が忙しい時は鍛錬所《たんれんじょ》で保存食のパンと塩味のスープを食べているよ。今日は分隊長が雑務《ざつむ》を引き受けてくれたので、早く帰宅できそうだ」

「それじゃあ今夜は御馳走《ごちそう》を作って待ってます」

騎士団長を兼務しているレイオーンは多忙なので、一緒に夕食が食べられるのはとてもうれしい。

「亜弥の料理か――。楽しみだ」

ポンと優しく亜弥の頭上に熱が落ち、その手が髪を優しく滑り落ちた。

そのままレイオーンの両手が亜弥の頬を優しく包み込むように動き、亜弥の胸の鼓動がさらに大きく脈打つ。

ゆっくりした動きで、亜弥の唇にレイオーンの指先が触れた瞬間――。

ガタンと大きな音をさせて、悠真が椅子を引き、立ち上がった。

彼はそのまま何も言わずに、ドアの方へ向かう。

「ゆ、悠真?」

「ちょっと急ぎの用を思い出したんだ。僕は先に帰るから、姉さん、戸締りをお願い」

大通りからファイ家の邸までは近いが、いつも亜弥と悠真二人で一緒に帰るのに、急にどうしたのだろう。

慌てる亜弥を目で制し、悠真は口元を引き締めた。

「それじゃあ、お疲れ、姉さん。お先に失礼します、レイオーンさん」

「ユーマくん、待ってくれ」

レイオーンが足早に悠真のそばに歩み寄り、長身の二人が向かい合う。

いつも穏やかで優しい悠真を見慣れているので、なぜか睨むような眼差しをレイオーンに向けている弟を見て、亜弥は戸惑いつつ、声をかける。

「待って、悠真。やっぱり私も一緒に帰るから」

「……姉さんはレイオーンさんとゆっくりすればいいよ」

冷たい口調で言い放つと、悠真は黙って一礼し、踵を返してドアから出て行った。

亜弥が困惑した表情を浮かべると、レイオーンがしまったという表情にで小さく息をついた。

「──ユーマくんの前で君に触れたことで、彼の気を悪くさせてしまったようだ」

えっと亜弥は目をまたたかせる。

彼に告白されたあと、うれしくて弟の悠真にだけは、付き合うことになったと話していた。その時、悠真は「よかったね」と心から喜んでくれた。

そう言うと、レイオーンは小さく首を横に振った。

「ユーマくんは聡明で優しい性格をしているが、やはり君と俺が付き合うのは、複雑な気持ちになるのだろう」

「複雑な気持ち……？」

きょとんとした亜弥にレイオーンが眉を下げて言う。

「ユーマくんに大切な人ができたと想像してみてくれ」

ひとつしか年が違わない悠真は、物心がついた頃からずっと亜弥のそばにいた。

その自分だけの小さな弟に、恋人ができたら……。

うれしいと思いながらも、もやもやした気持ちが込み上げてくる。

「――俺と亜弥が付き合い始めて、まだ間もない。ユーマくんも戸惑っているのだと思う。これからはユーマくんの前で君に触れないように気をつける。でも今だけ――」

そっと抱き寄せられ、額に熱が落ちる。おでこにキスされたのだと気づいた途端、火を点けられたように全身が熱くなった。

「亜弥――俺の両親のことだが……」

深刻な口調になったレイオーンが、亜弥の肩を抱いたまま、小さく息をついて低い声で続ける。

「亜弥には話したことがあったと思うが、俺の両親は家督《かとく》を譲った後、別荘や旅館をゆっくり巡りながら、国中を自由に旅している」

亜弥はこくりと頷いた。

その話を聞いた時、ご夫婦でゆっくり旅行なんて素敵だと思った。

「両親から定期的に近況を伝える手紙が届いていて、今は西の都の別荘にいるそうだ。父は仲のよい男爵と好きな狩りに出かけている」

「レイオーンさんのお父さんは、狩りがお好きなんですね」

亜弥が笑顔で相槌《あいづち》を打つと、レイオーンは頷き、口元を真一文字に引き締めた。

「亜弥、ここから本題なんだが……よく聞いてほしい。今度、両親が帰省したら、君を紹介したい。できれば君と正式に婚約したいと思っているんだ」

亜弥は大きな黒色の瞳を見開いた。

「正式な婚約……？」

結婚を前提に付き合ってほしいとレイオーンから言われたので、もう婚約している状態と変わらないように思っていたが、違うようだ。

「亜弥、この国では、貴族の結婚には、婚約の証文《しょうもん》を交わすのが習《なら》わしとなっていて、神官の前で宣誓《せんせい》した後、互いに歌を贈り合う。そして証文を交わして初めて、結婚へ向けて動けるようになるんだ。そのために、婚約に賛成するという両親のサインが必要だ」

ハッとして、亜弥は顔を伏せる。

「私は……両親がいません」

レイオーンは表情をゆるめて、頷いた。

「亜弥の場合は他の親族――ユーマくんのサインでいい。俺は両親に承諾をもらい、亜弥と正式な婚約へ向けて動きたいと思っているが、いいか？」

うれしさと共に、じわじわと火で炙《あぶ》られるような気持ちが込み上げ、亜弥はすぐに返事ができなかった。

（レイオーンさんが、私をご両親に紹介してくれる……夢みたい）

亜弥は真っ赤になりながら深く頷いた。

「うれしいです。私、レイオーンさんのご両親に親孝行したいです」

早くに亡くなった両親にできなかった親孝行を、彼の両親にしてあげたかった。

優しく微笑んだレイオーンがもう一度亜弥の額にキスを落とし、ゆっくり離れた。

「それじゃあ、仕事に戻るよ、亜弥」

「はい……！　お仕事頑張ってください」

彼は笑顔で亜弥に手を振ると、店の外に繋いでいた黒馬の鐙に足をかけ、ひらりと馬上に飛び乗った。

颯爽《さっそう》と大通りを駆けていくレイオーンに見惚れてしまう。

「レイオーンさんと正式に婚約……」

亜弥は両手で顔を覆ってつぶやくと、大きく息を吸った。幸せすぎて泣いてしまいそうだ。

ぱしんと頬を両手ではさんで気合を入れ、ハーブティーを片付けて店の戸締りをする。

ファイ家の邸へ向かって石畳《いしだたみ》の通りを歩きながら、亜弥はこのうれしさを一番に悠真に伝えたいと思った。

2

通りに沿って白壁が続き、歩いて十分ほどで領主であり伯爵家でもあるファイ家の邸に着いた。広い邸内に客間がたくさんあり、亜弥と悠真は二階の客間をそれぞれ自室として使わせてもらっている。

門兵に挨拶をして重厚な扉を開けて中へ入ると、丸顔でぽっちゃりとした執事《しつじ》のラキが駆け寄ってきた。

「お帰りなさい、アヤさん。お店は今日もたくさんのお客さんで賑やかだったようですね」

焦げ茶色の髪と同色の目を細めて笑っている彼に、亜弥も笑顔を返す。

「ただいま、ラキさん。悠真は戻ってきた？」

「ええ、お部屋でくつろいでいます」

「そう……ちょっと行ってくる……！」

先ほど不快《ふかい》にさせてしまったことが気になっていた亜弥は、悠真の部屋へ急ごうとして、赤い絨毯が敷かれた螺旋《らせん》階段を駆け上がった。途中で階段を踏み外し、ビタンッと音をさせて前に倒れ伏してしまう。

「アヤさん、大丈夫ですか」

階段の下から心配そうに声をかけるラキに、亜弥は振り返ってジンとしびれる手を顔の前で振り、「大丈夫です」と恥ずかしそうに返す。

（落ち着かないと……）

悠真の部屋の前で立ち止まり、深呼吸しながらコンコンと扉をノックすると、悠真が顔を出した。

「姉さん、お帰り」

いつもの優しい目をした悠真に戻っていて、ほっとした。

「あのね悠真……さっきはごめんね」

謝罪する亜弥に、悠真は首を左右に振った。

「僕の方こそごめん。レイオーンさんのことは信頼しているし、姉さんとの仲も応援している。でも……」

言いかけて、そんな自分を恥じるように悠真が目を伏せた。

戸惑うような彼の顔は、幼い時に後を追ってきた小さくて愛《いと》しい弟のままで、思わず大きな声を出す。

「悠真、大好き！　悠真はずっとずっと、世界で一番大切な私の弟よ。今度から、悠真に嫌な思いをさせないように気をつけるから」

「姉さん……嫌とかじゃないけど……」

「うん、わかってる。悠真に恋人ができたら、やっぱり私も複雑だから」

亜弥が微笑むと、悠真も安堵したように笑った。

「あのね、正式な婚約に向けて動こうと、レイオーンさんが言ってくれたの」

悠真は一瞬驚き、すぐに目元を緩めた。

「そう……。この国では正式な婚約に証文を交わすと聞いている。よかったね、姉さん。僕もうれしい。この気持ちは本当だよ」

「うん、ありがとう、悠真」

お店の中でよくやるように手を上げた亜弥に、悠真もすぐに応える。パチンと音が響き、姉弟は笑顔でハイタッチを交わした。

「それじゃあ、悠真、またあとで」

悠真の部屋の隣が、亜弥の部屋だ。

自室に入り、花柄模様の壁にかかった時計を見ると、午後三時を少し過ぎていた。

こちらの世界では一日のうちに気温が大きく変化する。朝は春のように過ごしやすいが、だんだんと暑くなり、昼は夏のように日差しが強くなる。夕方になると秋のように涼しくなり、日が暮れると暖炉《だんろ》に火を入れるほど気温が下がる。今の時間はとても過ごしやすく、部屋を簡単に掃除すると、亜弥は螺旋階段を下りた。ちょうど女学院から戻ってきたレイオーンの妹、ジーナと廊下でばったり会った。

「ジーナさん、お帰りなさい」

「アヤさん、ただいま。半日も馬車に乗って、腰が痛くなっちゃったわ」

腰をトントンと叩くジーナは、亜弥より五歳年下で、もうすぐ十八歳になる。出会った時は糖分過多の食事のせいで太っていたが、亜弥の料理を食べるようになってからは、砂糖まみれの食事を控え、自《みずか》ら健康に気を配るようになった。今では端整《たんせい》な顔立ちをしたレイオーンに似た面差《おもざ》しと、長くふわふわした金髪と青色の瞳で、東の都で一番だと称される美少女になった。

そんなジーナは週に一度、泊りがけで王都にある名門女学院で学び、その日以外は邸で裁縫《さいほう》をしたり、歌やダンスの練習をしたりしている。この国では結婚式やお祝いの時に歌を互いに贈り合う風習があるので、歌の練習は特に大切らしい。

「アヤさん、女学院でレストランかのんのことが話題になったのよ。あたし鼻が高かったわ。それでね……廊下で立ち話もなんだし、リビングでゆっくり話しましょうか」

ジーナが元気よくリビングの扉を開け、亜弥も後に続く。

広いリビング内はクリーム色の壁面に大輪の花が描かれ、高い天井にも装飾が施されている。中央に皮張りの大きな応接ソファがあり、いつの間にか真紅のドレスを太った体に纏った中年女性が座っていた。

その女性を見たジーナが悲鳴のような声を上げた。

「お、お母様⁉」

（この女性が、ジーナさんとレイオーンさんのお母さん？）

亜弥はこくりと喉を鳴らし、ソファに深々と腰を下ろしている女性を見つめる。

ひとつに編み込み、横に流している髪はレイオーンとジーナと同じ金髪で、目の色も青色だ。脂肪がついて丸い顔をしているが、色白できめ細やかな肌をしている。

女性は両手を広げて立ち上がった。

「会いたかったわ、ジーナ！　あたしの可愛い娘！」

ドスドスと体当たりするような勢いで突進し、ぎゅっと力を込めてジーナを抱きしめる。

ジーナは苦しそうに息を吐きながらも、母親の背中に優しく手を回した。

「お母様、あたしも会いたかったわ。お父様からのお手紙が届いたばかりで、西の都の別荘にいらっしゃると書いてあったのに、急にどうしたんですの？」

「驚かせて悪かったわね、ジーナ。手紙を出した後で、急用の知らせが入ったの」

「まあ、急用って何かしら……。あっ、そうだわ」

苦笑しながら母の抱擁《ほうよう》を解いたジーナが、そばに立っている亜弥の方を向き、紹介してくれる。

「アヤさん、あたしの母よ。お母様、こちらはアヤさんですわ」

亜弥は緊張しながら、深く頭を下げる。

「は、初めまして。アヤ・カノンです。ど、どうぞよろしくお願いいたします」

「……あたくしはゾフィーヌ・ファイです。珍しいわね、あなた。黒髪なんて……。新しい使用人かしら？」

ジーナがあわててゾフィーヌの言葉を訂正する。

「違います、お母様。アヤさんはレストランかのんの店長よ。人気のお店なの」

えっとつぶやいたゾフィーヌが、頬に手を当てて考えている。

「レストランかのん？　東の都に美味しいレストランができたという噂を聞いたことがあるけど……」

「そう、それよ！　そこがアヤさんのお店なの！」

誇らしげなジーナに、ゾフィーヌは訝《いぶか》しげな眼差しで亜弥の全身を舐めるように凝視《ぎょうし》した。

「ずいぶん若い娘さんね。しかも黒髪——本当にあなたが、その有名店の店長なの？」

「はい。弟が副店長をしています」

亜弥が答えた直後、ファイ家のメイド頭で、料理担当のハンナがお茶を持ってきた。

「ゾフィーヌ様、ルーナ茶を淹れました。まったく、突然お帰りになったので驚きました。一年以上お留守でしたから、お会いできて本当にうれしいです」

「ふふふ、実は、レイオーンに良い知らせがあってね……それはそうと、ねえハンナ、あなた痩せたわね。それにジーナも。いったい何があったのかしら？」

サイドテーブルにルーナ茶が入ったカップを置きながら、ハンナがうれしそうに微笑んだ。

「アヤ嬢のおかげなんです。美味《おい》しくて健康的な食事を食べるようになって、あたしもジーナ様も、自然と体重が落ちたんです」

ゾフィーヌはちらりと亜弥の方を見た。

「そちらの黒髪のお嬢さんは……アヤさんでしたわね。ずいぶん親しいようだけど、よく邸に出入りしているのかしら？」

「あの……私と弟は、こちらのお屋敷でお世話になっているんです。行く当てがなくて」

亜弥が正直に話すと、ゾフィーヌは眉を吊り上げた。

「あら、そうなの――。領主として、行く当てのないあなたと弟さんを、ファイ家の邸へ泊めているのね。まあ仕方ないわね、領主だから……」

何か言いたそうな表情のゾフィーヌだったが、カップを手に取ると、一気にルーナ茶を飲み干し、ハンナの方を向いた。

「それで、レイオーンはいつ頃帰宅するのかしら」

ルーナ茶のおかわりを注ぎながら、ハンナが答える。

「騎士団長としての任務でお忙しいようで、いつも遅くなっています。たぶん今夜も……」

「あの、レイオーンさんは今日、早く仕事が終わるとおっしゃってました。夕食も邸で皆さんと召し上がるって」

亜弥がレイオーンから聞いたことを伝えると、ハンナは笑みを浮かべた。

「まあ、そうですか。レイオーン様がそうおっしゃったのですね。それでしたら、もうそろそろお戻りになる頃ですわ、ゾフィーヌ様」

「待ちきれないわ。ふふふ、実はね、レイオーンに素晴らしい縁談《えんだん》を持ってきたのよ」

含み笑いを漏らしながら打ち明けたゾフィーヌに、亜弥は凍り付いた。

（レイオーンさんに……縁談？）

「兄様に縁談⁉　お母様、いきなり何を言い出すの。そんな……」

驚いたジーナに肩をすくめ、ゾフィーヌが諭《さと》すように言う。

「レイオーンは二十六歳ですよ。騎士団長として多忙なのはわかりますが、そろそろ結婚相手を探さないといけません。ジーナ、あなただってもうすぐ十八歳になるのだから、王都の女学院で学ぶだけでなく、もっと具体的に花嫁修業をして、お相手の候補を絞っていかないと」

この国では婚期が早い。ジーナは眉間《みけん》に皺《しわ》を寄せて母親の方へ身を乗り出す。

「待って、お母様。あたしも兄様も、自分の結婚相手くらい自分で探すから！」

ゾフィーヌがほほほ、と巨躯《きょく》を揺らして高らかに笑った。

「結婚相手を探すのは親の役目ですわ。レイオーンにとてもよいお話をいただいたの。王都のミラー家のご令嬢、メリッサ様よ。お兄様がいらっしゃるから、ご自分は嫁ぎ先を探していらっしゃるの。先日、王宮の会合に参加したレイオーンを見て、一目惚れしたんですって。ぜひお会いしたいとお手紙を受け取ったの」

（レイオーンさんに一目惚れ……）

亜弥は動揺して瞳を揺らし、服の上から胸を押さえる。

コンコンとリビングの扉がノックされ、執事のラキが顔を出した。

「失礼します。レイオーン様がお戻りになりました」

一礼したラキが下がると、カツカツと短靴を踏みしめる足音が聞こえ、騎士団衣姿のレイオーンがリビングに入ってきた。すぐにゾフィーヌに気づき、驚きのあまり切れ長の目を丸くする。

「愛しい息子、レイオーン！　会いたかったわ」

ゾフィーヌが両手を高く上げてレイオーンに駆け寄った。

「母上――？　突然どうしたのです？　父上からの手紙には何も書かれていませんでしたが」

「ああレイオーン、素晴らしい知らせがあるの。あなたに縁談の話を持ってきたのよ。お相手はなんと、ミラー家のメリッサ様よ。海外貿易に力を入れているミラー公爵家は、あたくしの実家、イネス家と並ぶ財力を持つ筆頭貴族家ですわよ。ファイ家にとって、こんな素晴らしいお話はありませんわ」

目を輝かせているゾフィーヌと対照的に、レイオーンの表情が固くなり、口元が引き結ばれる。

「……母上、その縁談はお断りしてください。俺には結婚を考えている恋人がいます」

「まあ、本当なの？　女性に興味がなかったレイオーンに恋人が！　嬉しいわ。一体どちらのご令嬢なの？」

ゾフィーヌがわくわくしながらレイオーンを見上げる。

レイオーンは真摯な顔のまま亜弥に歩み寄り、肩に手を置いた。

「父上と母上が帰省してから報告するつもりでした。俺はこの人と——亜弥と結婚したいと思っています」

笑っていたゾフィーヌの顔から表情が完全に消え、大きく目が見開かれた。

「なんですって？　この子、レストランをやっている娘さんでしょう？　どういうことなの」

意味がわからないという顔になったゾフィーヌの声は、ジーナとハンナの「まあっ、本当に!?」という弾《はず》んだ声に掻き消された。

「結婚って、兄様がアヤさんと!?　そうなると思っていましたわ！」

「やっぱり、レイオーン様とアヤ嬢が！　本当にうれしいです！」

ジーナとハンナが手を取り合ってよろこび、ラキが目を丸くしたままつぶやく。

「僕は全然気づきませんでした。うわぁ、びっくりです。おめでとうございます、レイオーン様、アヤさん。これは本当にめでた……」

「おだまりなさい！」

地を這うようなゾフィーヌの怒声に、ジーナとハンナとラキがぎょっと驚き、リビング内の空気が一気に凍りつく。

ゾフィーヌはレイオーンの隣に立つ亜弥を鋭く睨みつけた。

「アヤさんは、その髪が地毛《じげ》なの？」

「は、はい」

ゾフィーヌは渋面《じゅうめん》のまま、視線をレイオーンへ向ける。

「レイオーン！　昔からこの国では、黒髪は忌《い》むべき髪色とされてきたのですよ。こんな黒髪の娘さんと結婚して、同じ色の髪の子供が生まれたらどうするつもりなの！」

母親の言葉にレイオーンの表情が強張《こわば》るのを見て、亜弥はこくりと喉を鳴らした。

ドクドクと鼓動が早まってしまう。

（レイオーンさん……）

「それから、アヤさんはどちらの家のご出身なの？」

ゾフィーヌの声に、冷たい手で心臓を握られた気がして亜弥は思わず息を吸った。

「――亜弥は遠方にある島国の出身で、身内は弟がひとりいるだけです。……爵位はありません」

レイオーンが低い声ではっきり告げると、ゾフィーヌの体がわなわなと震え始めた。

「なんですって？　島国の出身でお身内に爵位を持った方がひとりもいらっしゃらないの？　そんなはずはないわよね？」

ゾフィーヌは甲高い声で、焦ったように亜弥に爵位があるのではと繰り返した。

誰も何も言わず、ただ気まずい沈黙が積もっていく。

「まさか平民の、しかも黒髪の娘さんをファイ家の正妻にしようなんて、愚《おろ》かなことを考えているんじゃないでしょうね？　あたくしは許しませんよ！　レイオーン、考え直しなさい！」

ゾフィーヌの強い口調に、亜弥は唇を噛みしめ、おずおずとレイオーンの横顔を見上げる。しかし彼は眉根を寄せたまま、苦悩を浮かべた表情で口元を引き締めていた。

（レイオーンさんが困っている……）

亜弥は小さく息を呑む。

ここは日本ではなく王制が敷かれた国家だ。王族、貴族、平民と身分階級がはっきり分かれている。彼は貴族で亜弥は平民――。その違いに胸が痛んだ。

彼を困らせたくない。ぐっと拳を握りしめ、亜弥は小さな声を出す。

「レイオーンさん、私……」

付き合う話を白紙に戻したほうがいいと言おうとした亜弥より早く、レイオーンが母親を真っ直ぐに見つめて口を開いた。

「母上、黒髪の何が駄目なんですか。黒霧を恐れていた昔とは違います。俺は髪の色など関係なく、亜弥を妻に迎えたいと思っています。爵位がなくても関係ありません」

凛としたレイオーンの声と真摯な表情は、一切の迷いが感じられず、彼の言葉に重かった室内の空気が一転し、その場が清浄なもので満たされた。

「レイオーンさん……」

うれしさと安堵で、亜弥の目にじわりと熱いものがあふれそうになり、ジーナやハンナたちの顔にも、ほっとしたものが浮かんでいる。

「な、なんてことを！　まさか庶民の娘と結婚するつもりなの？　しかも黒髪の……っ、そんな……まさか！　冗談でしょう？」

ゾフィーヌの顔が蒼白《そうはく》になり、レイオーンの腕を掴んで揺さぶる。

「俺は亜弥以外の女性と結婚する気はありません。側室《そくしつ》を持つつもりもありません。妻は生涯、亜弥ひとりだと決めています」

「レ、レイオーン！　何を言っているの……っ、ああ、あたくしの息子が……っ」

ゾフィーヌが白目を剥いて、その場にへなへなと座り込み、ぱたんと仰向けにひっくり返ってしまった。

「母上……」

レイオーンは倒れたゾフィーヌを抱き上げ、壁際の長椅子に横にする。

じきに呻《うめ》くような声を出しながら、ゾフィーヌが目を開けた。ジーナがそばで手を取り、母の顔を覗き込む。

「お母様、興奮なさるから。あたしはアヤさんが義姉《あね》になってくれたら、とてもうれしいわ」

「ジーナまで、なんてことを！　うぅ……」

大きな声を出したゾフィーヌが、目眩《めまい》がしたのか頭を押さえた。

ハンナが心配そうにゾフィーヌのそばに立っている。

「ゾフィーヌ様、落ち着いてください。そのうち血管が切れてしまうんじゃないかと心配になります。さあ、三階のゾフィーヌ様のお部屋でゆっくりお休みください」

「ハンナ、手を貸してちょうだい！　三階まで連れて行って」

溺れているように両手を動かし、ゾフィーヌが上半身を起こした。

「あの、ご無理されないほうが」

少し横になってから動いたほうがいいと思い、亜弥がおずおずとそばに行き、横になるように手を伸ばす。しかしゾフィーヌはぞんざいにその手を払った。

キッと亜弥を睨んだあと、長椅子に横になったままゾフィーヌは、鬼の形相《ぎょうそう》をレイオーンへ向ける。

「レイオーン！　アヤさんはこの邸で暮らしているらしいけど、寝室は別でしょうね！　ダークエルフ族のような卑《いや》しいことをしないで頂戴！　あなたはファイ家の当主なのよ！」

金切り声を上げる母親に、レイオーンは低い声音で答える。

「……俺と彼女は付き合っていますが、そんな関係ではありません。それにダークエルフ云々《うんぬん》は関係ないでしょう」

「あたくしはダークエルフ族が嫌いなのよっ」

そう叫ぶと、ゾフィーヌはぷいっと顔を背けた。

褐色の肌と青紫色の髪と瞳が多いダークエルフ族は、不真面目で男女関係にルーズだという噂を、亜弥も聞いたことがあった。しかし、よく店に来てくれるダークエルフ族の美青年、グレイは飄々《ひょうひょう》とした雰囲気を持っているが、店の女性客を口説いたりしたことはない。たぶん狩猟と商売の能力に長《た》けるダークエルフ族への反発心から生まれた、信憑性《しんぴょうせい》のない噂だろう。

「とにかく！　愛人として迎えたいというのならともかく、結婚となると二人だけの問題じゃすまないのよ！　ファイ家は由緒ある伯爵家で、レイオーンはその当主なんですから、その妻が誰でもいいというわけにはいかないのです！　メリッサ様とお会いしてみなさい。ミラー公爵家のご令嬢なのよ！」

ヒステリックに叫ぶゾフィーヌに、レイオーンがなおも真剣な表情で繰り返す。

「その令嬢と会うつもりはありません。俺は亜弥以外の女性は……」

「キーッ、あたくしは反対だと言ってるのよ、レイオーン！　結婚となるとお家柄や容姿など、それなりにつり合いというものがあります。ハーブで髪の色を変えるにしても、平民の娘と結婚だなんて。レイオーンは引く手あまたの自慢の息子なんです。アヤさんでは不つり合いです！　証文にサインなどできません！」

ジーナが口を挟んだ。

「アヤさんは料理がとても上手なの。お母様もきっとアヤさんの料理を食べてみれば納得すると思うわ」

「それなら、専属コックにすればいいじゃないの！　アヤさんがレストランをやめて、ファイ家のコックになればいいんだわ！　アヤさん、そうしなさい」

高飛車に命じるゾフィーヌに、レイオーンが首を横に振った。

「違います、母上――。楽しそうに料理を作り、いつも笑顔で迎えてくれる亜弥を好きになりました。亜弥は俺に食べる楽しみを教えてくれた。この町のためにも、亜弥が希望すればこれから先もレストランを続けてもらいたいと俺は思っています」

「なんですって？　そんなことが許されると思っているの？　ファイ家の正妻がレストランを続けるなんて！　上流階級の女性は働いたりしませんわよ！」

レイオーンは真っ直ぐに母を見つめたまま、一歩も引かぬ口調で続ける。

「お祖母様はお祖父様と結婚してからも、我が国で有名な人形作家として活躍されていたはずです。ファイ家当主の妻としてお祖父様を支え、人形作りの仕事も続けておられました。亜弥もレストランを続けながら俺の妻として……」

ゾフィーヌが頭を掻きむしらんばかりに叫ぶ。

「お義母様《かあさま》は由緒正しいラビス家の出身で、働くといっても邸内で人形を作っていただけでしたわ！　それに黒髪ではありませんでしたから、アヤさんとは全く立場が違います！　とにかく、あたくしはアヤさんとの結婚には賛成できません。レイオーン、目を覚ましなさい！　もっと条件のよい令嬢がたくさんいるというのに、何もこんな……」

レイオーンが鋭い眼差しをゾフィーヌに向ける。

「亜弥を侮辱《ぶじょく》しないでください」

「な！　なんて怖い顔をするの、レイオーン！　あんなに可愛いかったあたくしの坊やがそんな口をきくなんて。あたくしはあなたのために、お相手を選んであげようとずっと前から準備を……それなのにぃぃぃ！」

般若《はんにゃ》のような恐ろしい顔になったゾフィーヌがよろよろと立ち上がり、リビングから出て行こうとして、目眩を起こしたようでその場に膝をついた。

「大丈夫ですか？」

咄嗟に亜弥が駆け寄ろうしたが、ゾフィーヌにぎろりと睨まれた。

「アヤさん、あなた、レイオーンの幸せを願うなら、自分から身を引きなさいっ。この邸から出て行って!!」

辛辣な言葉が胸に刺さり、亜弥は呼吸を止めた。

「母上！　亜弥を傷つけるのは止めてください！」

レイオーンが大きな声を出すと、ゾフィーヌが顔を歪《ゆが》めた。

「この母を怒鳴《どな》るなんて……レイオーンの親不孝者！　あたくしの夢を壊して……こんな黒髪の娘のどこがいいの！　ぐっ、ごほっ、ごほっ」

胸を押さえて咳き込み出したゾフィーヌの背中をジーナがあわてて撫でる。

「そんなに興奮するからよ、お母様」

「ラキ、母を部屋へ連れて行く。ドアを開けてくれ」

「は、はいっ」

レイオーンがゾフィーヌの巨躯を軽々と抱き上げると、ようやく彼女は大人しくなった。

ラキがドアを開け、リビングを出て螺旋階段を上がって行く。ジーナとハンナもそのあとについて部屋を出て行った。

亜弥もゾフィーヌのことが心配だったが、そばに行けばさらに興奮してしまうだろうと思い、リビングに残った。

「怒鳴り声が二階まで聞こえてきたよ、姉さん。あの人がレイオーンさんの母親、ゾフィーヌさんか――」

穏やかな声に振り返った亜弥は、苦笑する悠真を見て思わず涙目になってしまう。

「悠真……！　レイオーンさんのお母さんが、私たちの結婚に反対って……」

悠真は静かに亜弥の肩に手を置き、励ますように力強く言う。

「そんなに落ち込まないで。最初は反対していても、これからゾフィーヌさんに認めてもらうように頑張ればいいと思う」

「……私にできるかな」

「姉さんならできるよ。気持ちはきっと通じる。レイオーンさんがついているじゃないか」

「……わかった。ありがとう、悠真」

悠真の励ましに亜弥は気持ちを落ち着けた。レイオーンがあんなにはっきりと自分と一緒になりたいと言ってくれた。その想いを大切に、弱気にならないようにしなくてはと思う。

パタパタと足音がして、ハンナが戻ってきた。

「ゾフィーヌさんの具合はどうですか？」

心配になった亜弥が尋ねると、ハンナが頷いて「大丈夫ですよ」と明るく微笑んだ。

「興奮して貧血になったようで、お部屋のベッドで横になっていらっしゃいます。アヤ嬢、ゾフィーヌ様がひどいことをおっしゃいましたが――それはゾフィーヌ様がそういう教育を受けてきたからなのです」

ハンナは亜弥の手を握ると、遠い昔を思い出すように目を細めて話し出した。

「……昔の貴族は使用人を好き勝手に扱ってきたことが多々ありました。ですが、今は違います。法律が整備されて、それぞれの立場での権利が認められるようになり、階級を越えた結婚も許されるようになったのです。でも……ゾフィーヌ様は王家ともつながりがある公爵イネス家の出身のため、特に貴族主義の考えが根強く残っていらっしゃるのです」

亜弥は目を伏せた。これまで過ごした日本は、誰もが平等で自由だった。しかし、このロゼリフ国では王制度が敷かれ、貴族の中でも爵位が明確に別れている。

「ゾフィーヌさんは、王家とつながりがあるんですか？」

悠真が尋ねると、ハンナがこくりと首肯した。

「公爵イネス家は、現当主の叔母が王家へ嫁ぎ、現在でも王都の中で筆頭貴族として名を馳《は》せています。一方ファイ家は、東の都の領主とはいえ伯爵家で、イネス家より格下になります。ゾフィーヌ様はファイ家をもっと裕福にしたいと考え、優秀なレイオーン様をずっと頼りにしてきたので、ご自分の意見にきっぱりと反対されて、大きなショックを受けているのでしょう」

黙って頷く亜弥の両手を強く握りしめ、ハンナが続ける。

「突然で驚いたこともあると思います。どうかアヤ嬢……ゾフィーヌ様のことを、悪く思わないでくださいね」

「はい……」

貴族でないこと、そして黒髪であること——自分の努力だけではなんともならないことを強く反対されたことで、胸の中に重く暗い陰が落ちるのを止められない。

でも、悠真に言われたように、今後の努力で認めてもらえるように頑張るしかない。

「亜弥——」

部屋に駆け込んできたのはレイオーンだった。

「レイオーンさん……」

亜弥の腕を掴み、心配そうに顔を覗き込む彼の青色の瞳が揺れている。

「すまない、母が失礼なことを言った。旅の疲れもあったんだろう。今は部屋でぐっすり眠っている……」

「ゾフィーヌさんに反対されても、私と婚約したいと言ってくれて、うれしかったです」

本当にうれしかった。声を詰まらせる亜弥に、レイオーンが労《いた》わるようなやわらかな眼差しを向けた。

「亜弥……君にこんな思いをさせてしまって、本当にすまない」

「レイオーンさん、なぜゾフィーヌさんは黒髪をあんなに嫌うのでしょうか」

聞いたのは悠真だ。レイオーンは穏やかに答える。

「このロゼリフ国では、昔から妖魔の被害に遭ってきた。その中でもバリドムの森の奥深くに潜伏し人に寄生する黒霧の被害が東の都では特に大きかった。黒霧が操《あやつ》る人間は黒髪だと噂が流れるようになったことが原因だと思う」

亜弥も黒霧に襲われたことがある。漆黒の霧の魔物は執拗《しつよう》に追いかけ、人間の体を操る恐ろしい敵だった。

「それに、父の前ではあまりそういう発言をしないが、昔から母はダークエルフ族を嫌っている。黒髪はダークエルフ族の青紫色の髪に似ているから、あれほど嫌がっているのかもしれない。母が帰ってきたことをすぐ父に手紙で知らせる。多方面に理解の深い父ならきっと、母を説得してくれると思う」

その言葉に亜弥は安堵した。じきにジーナとラキが入ってきて、亜弥を励《はげ》ましてくれた。

「大丈夫よ、お母様もきっとわかってくれると思うわ」

「僕も、アヤさんとレイオーン様の味方ですから」

ハンナが大きく頷いた。

「あたしもレイオーン様とアヤ嬢ならお似合いだと思ってきましたのでお二人がお付き合いをしているとわかって、本当にうれしいです。きっと邸内の他の従者も、同じ気持ちだと思います」

「――ありがとうございます」

邸の皆が応援してくれている。うれしくて亜弥は胸がいっぱいになった。そっと傍《かたわ》らに立つレイオーンを見上げると目が合い、二人で微笑み合う。

きっと大丈夫だと自分に言い聞かせながら、亜弥は小声で彼に聞いてみた。

「レイオーンさん、ゾフィーヌさんのお好きな食べ物は何ですか？」

軽く瞠目したあと、レイオーンがふわりと笑みを浮かべた。

「母上は料理では卵が大好物だ。ほぼ毎日のようにゆで卵に砂糖をかけて食べていた」

（ゆで卵に、砂糖を……？）

今までゆで卵に塩をかけて食べてきた亜弥は、どんな味か想像できずに目をまたたかせた。悠真を見ると、彼も困ったように肩をすくめている。

「他に、お好きなものはありませんか？　果物とか……」

「母は果物や野菜はほとんど食べない。卵の他には甘い菓子が好きで揚げパンを好んで食べている」

ロゼリフ国の主食はパンということもあり、東の都にもパン屋が点在している。揚げパンは油の中へ生地を絞り出し、砂糖をまぶして甘く味付けしたものだが、甘味王国と呼ばれるロゼリフ国らしく砂糖の量が多すぎて、生地にも砂糖を大量に混ぜ、パンというより砂糖の塊のようになって、カロリー過多の原因のひとつになっていた。

王都でパン屋をしているノルトン氏に、野菜や果物を使ったパンのレシピを提供したことがあり、少しずつそうしたパンも広まっているものの、こってりと砂糖をまぶしたパンを好む人はまだ多くいるようだ。

ゾフィーヌは美麗なレイオーンの母親らしく、整った顔立ちをしているのに、太って顎が二重どころか三重になり、妊婦のようなお腹を抱えている状態がとても残念だと思う。

（健康のためにも、ゾフィーヌさんに食生活を改めてもらえたら……）

亜弥は息を吸い、ぐっと拳を握りしめた。

3

翌朝、亜弥はいつもより早く起き、一階に降りて冷たい水で顔を洗い、緑色のドレスの上にエプロンをつけ、防寒具として厚手のケープを羽織って外へ出た。

一年も過ごすと、深夜は真冬のように寒く、日の出と共に気温がぐんぐん上がりはじめる寒暖の差の大きい気候にもすっかり慣れて、亜弥は木籠《きかご》を持って邸の広い庭園の中に建っている石造りの食材庫の中へ入った。

「この中はいつもひんやりしているわ。さあ、朝食は何にしようかな」

ゾフィーヌの好きな料理を作りたいと思い、まず食材庫の棚から卵を多目に木籠へ入れた。

東の都では、農耕民族であるエルフ族が多く住んでエルフ村を形成している。彼らは野菜や果物などの作物を作るだけでなく、養鶏《ようけい》も盛んで、毎朝開かれている市で美味しい卵が売られている。

卵を見つめて、亜弥はありがたいことだと思いながら、メニューを考えた。

卵料理というと、卵焼きやキッシュ、半熟オムレツや卵サンド、スコッチエッグなどが思い浮かぶ。

「そうだ、パンも一緒に食べるメニューがいいな。……エッグベネディクトを作ろう」

ポンと手を打ち、穀物置き場の棚から小麦粉などの食材を次々に木籠に入れ、厨房へ戻った。

「まず、イングリッシュマフィンから作ろう！」

食材庫から持ってきた小麦粉と、自家製酵母用の中種をよく混ぜ、少量の塩を加えて両手で力強く捏《こ》ねる。一次発酵《はっこう》のあと丸めて形を整え、本来ならコーングリッツという、乾燥させたとうもろこしの皮と胚芽《はいが》を取り除いた胚乳《はいにゅう》部分を粒状《つぶじょう》に粉砕した粉を両面にたっぷりつけるのだが、似た味で粉状のパシーロで代用する。

この国では電気の代わりに妖石《ようせき》を使ったエネルギーが使われているので、妖力で動くオーブンに入れて焼き上げた。

「次にポーチドエッグを作って……」

小鍋にお湯を沸かし、ポーチドエッグを作ったあと、豚肉の塩づけを燻製《くんせい》にしたベーコンをぱちぱちと音をさせながら、脂を落とすようにじっくり焼いていく。

「姉さん、おはよう。早いね」

悠真が笑顔で厨房に入ってきた。

「おはよう、悠真、エッグベネディクトを作ろうと思って、パンを焼いているところなの」

「美味しそうな匂いがしていると思った。それじゃあ僕は、オランデーズソースを作るよ」

悠真はエプロンをつけると腕まくりをして、卵黄とレモン汁を混ぜ、溶かしたバターとオリーブオイルを加えて掻き混ぜる。

「それじゃあ、盛り付けるね」

薄く焼き色がついたイングリッシュマフィンを二つに切り、カリカリに焼いたベーコンとポーチドエッグを載せ、上からたっぷりオランデーズソースをかけて完成だ。

「まあ、いい匂いがしてますね」

ハンナが目を輝かせ、食堂のテーブルに真っ白なテーブルクロスをかけて、朝食の準備をする。

すっかり準備が整うと、じきに袖が膨らんだ水色のドレス姿のジーナが、ゆっくりと食堂へ入ってきた。室内を見回し、小首を傾げる。

「今朝も美味しそうな匂いがしていますわね。それなのにお母様の姿が見えないなんて珍しいですわ。兄様が朝練でお忙しいのはわかるけれど、食いしん坊のお母様はすぐにお腹が空くのに……」

「──失礼な、誰が食いしん坊ですか。まったくジーナは！」

甲高い声音が食堂に響き、ドスドスと地響きを立てながら、太った体にフリルがたくさんついたオレンジ色のドレスを着たゾフィーヌが入ってきた。

「おはようございます」

亜弥が挨拶すると、ゾフィーヌは顔を歪めるようにして「おはよう、アヤさん」と挨拶を返してくれたが、亜弥の隣にいる悠真を見て、顎が外れそうなほど大きく口を開けた。

「まあ、黒髪の若い男性が！」

「ユーマ・カノンです。姉と一緒にレストランかのんをしていて、ファイ家でお世話になっています。よろしくお願いします」

頭を下げる悠真に、ゾフィーヌは咳払いをした。

「ユーマさんとおっしゃるの。あなた目は青いのに、黒髪なんですのね」

ジーナが苛立《いらだ》たしげに声を上げる。

「お母様、黒髪、黒髪ってしつこいわ！　今は妖魔の黒霧もいないし、アヤさんやユーマさんはこの町の人々から信頼されているんです！」

「信頼もなにも、黒髪はよくない髪色ですわ。ハーブで染めればいいのに」

「お母様！」

「ゾフィーヌ様！」

ジーナとハンナが同時に声を上げると、ゾフィーヌは子供のように地団駄《じだんだ》を踏んだ。

「絶対認めませんわよ。レイオーンの相手が黒髪で平民の娘だなんて」

ハンナがため息を落としつつ、ルーナ茶が入ったポットとカップをテーブルの上に置いた。

「さあさあ、お腹が空きましたでしょう。アヤ嬢とユーマさんが作ってくれた朝食をいただきましょう」

亜弥と悠真が料理の皿をそれぞれの前に置いていく。

その料理を見て、ゾフィーヌが目を最大まで見開いた。

「なんなの、この料理は――」

「エッグベネディクトという料理です。ゾフィーヌさんは卵料理が好きだとお伺いしたので卵を載せていますが、他にも、アスパラ《ビニフ》やレタス《エノーア》、お魚にしても美味しいです」

穏やかな口調で答えた亜弥とテーブルの上の皿を交互に見つめ、ゾフィーヌが息を呑む。

「そう言えば、アヤさんたちは遠い島国の出身だとレイオーンが言ってましたけど、なるほど、それで珍しい料理を……ハンナ、一人分を三階のあたくしの部屋へ運んでちょうだい」

「はい、ゾフィーヌ様」

トレイに料理の皿と銀のナイフとフォーク、それにルーナ茶が入ったカップを載せて、ハンナがゾフィーヌの後に続いて食堂を出て行った。

どうしてゾフィーヌがここで食べないのかと不安になった亜弥を見て、ジーナが慰《なぐさ》めるように言う。

「心配いらないわ。お母様はいつも三階の自室で食事を摂るのよ。あたしや兄様はハンナやラキや他の従者と一緒に、この食堂で食べてきたからなんとも思わない。むしろハンナたちのことを家族のように思っているのだけれど、お母様は公爵家で従者と食事をしてはいけないと言われてきたそうよ。さあ、アヤさんもユーマさんも一緒に食べましょう」

ジーナの笑顔とその言葉にほっと安堵した亜弥は、悠真と共にテーブルに座った。すぐハンナがパタパタと三階から小走りで戻ってきて、皆と一緒のテーブルに着いた。

「ハンナ、お母様はどんな感じだった？」

「三階のお部屋へ運んだら、後はいいっておっしゃるので、どんな感じかは見ていないんです。すみません、ジーナ様」

「わかったわ。後であたしが様子を見に行く。……ああ、お腹が空いた。それじゃあ、いただきます……！」

ジーナがさっそくナイフとフォークを手に、卵とベーコンとパンを一緒に切り分ける。中から半熟卵がとろりと出てきた。

「わぁ……」

あふれる黄身とオランデーズソースを絡めてパンを口に運んだジーナが、唸るような声を上げる。

「なんて美味しいのかしら……！」

ハンナも手を休めることなく動かし、プルプルと揺れるポーチドエッグにトロトロのオランデーズソースが決め手のパンを咀嚼《そしゃく》しながら、つぶやいた。

「外側はカリッとして、内側はもちもちっとした食感が……！　たまりませんね！」

亜弥と悠真も笑顔で顔を見合わせ、エッグベネディクトを味わっていると、食堂の扉が開いてゾフィーヌがトレイに空の皿を載せて入ってきた。

ちらりと亜弥を見て、ジーナやハンナ、それに悠真を見回し、眉根を寄せる。

「ちょっとアヤさん」

ゾフィーヌが不機嫌そうな表情を亜弥に向けたので、亜弥は緊張しながら静かな声音で問う。

「はい。お口に合いませんでしたか……？」

「そうじゃないわ。少なすぎたの！　これ、おかわりあるかしら？」

怒ったように言うゾフィーヌの顔が少し赤くなっているのを見て、亜弥は安堵した。

「――はい、すぐに」

柔らかく笑って立ち上がり、厨房へ急ぐと、多目に作っておいたイングリッシュマフィンをナイフで二つにカットする。

（よかった、ゾフィーヌさんがおかわりって）

うれしくて亜弥の口元に笑みが浮かぶ。

「お母様、もう食べたんですの？　いくらなんでも早すぎですわ」

ジーナが微苦笑すると、ゾフィーヌは不機嫌そうな顔のまま鼻を鳴らしただけで何も答えない。

カリカリに焼いたベーコンとポーチドエッグを載せ、オランデーズソースをかけたおかわりをトレイに載せると、それを受け取りながらゾフィーヌが低い声で囁いた。

「アヤさん」

「はい……?」

「あなたの作る料理は確かに美味しいと思います。しかし、はっきり申し上げますわ。あたくし、アヤさんとレイオーンの結婚には断固として反対です。レイオーンのことは諦めてください」

「……」

料理は気に入ってくれたようだが、結婚のことは別問題だと言われ、亜弥は意気消沈して顔を伏せた。

「ファイ家は由緒ある貴族家です。その当主の妻となれば、上流社会でのお付き合いがあります。歌はもちろんダンスや刺繍といったたしなみと、しきたりに対する知識が必要なのです。恥をかくのはレイオーンなのですから、料理を続けたいなどと言う前に、それらのことをこなさなければなりません」

言いたいことはわかる。でも……亜弥の気持ちだけでなく、亜弥と一緒になりたいと願ってくれているレイオーンの気持ちはどうなるだろう。

彼の顔が浮かび、亜弥はぐっと拳を握りしめた。

「私……努力します！　お願いです。レイオーンさんとの結婚をお許しください……！」

「なっ……」

言い返すと思っていなかったのか、ゾフィーヌは瞠目し、ふぅっとため息をついた。

「アヤさん。あなたが苦労することは目に見えています。そんなあなたを見守るレイオーンもつらいでしょう。そもそも爵位がない女性を妻に迎えたとなると、レイオーンが笑い者になってしまうわ。だからあたくしは反対しているのです」

ジーナが立ち上がった。

「お母様！　学院の友人から聞きましたが、王都でもナット家の当主のギルバート様が爵位を持たない町民の女性と結婚なさったそうですわ！　今はそういうことにこだわらない時代です！　あたしは応援していますわ。アヤさんと兄様の……」

「お黙りなさい、ジーナ！　とにかくあたくしは反対です！　もっと条件のよい令嬢がたくさんいるというのに、何もこんな……」

「母上――」

朝の鍛錬《たんれん》を終えて肩章のついた純白の詰襟《つめえり》の騎士団衣姿に着替えたレイオーンが、食堂の入口に立っていた。

「昨夜も言ったはずです。亜弥を侮辱しないでくださいと――」

「レイオーン！　この母にそんな口をきくなんて……。あたくしはあなたのために、よいお相手を選んであげたいとずっと前から」

「自分の妻は自分で選びます。口を出さないでください」

「ムキーッ！　貴族の結婚にはつりあいというものが大切なのですわ！　それなりの家柄で！　爵位や容姿もつりあわなければならないのです！　それに、アヤさんはレストランを続けたいだなんて言っているし、黒髪だし！」

「俺が一緒になりたい女性は亜弥だけです。わかってください、母上」

レイオーンが母へ、深く頭を下げた。

「そこまで、アヤさんのことを……」

エッグベネディクトの皿が載ったトレイを手に、蒼白になったゾフィーヌが夜叉《やしゃ》のような顔を亜弥へ向け、唇を噛みしめた。

「うぬうぅ……」

言葉にならない呻き声をこぼし、ゾフィーヌはトレイを持ったまま踵を返すと、そのまま部屋を出て行った。ドスドスと足音を響かせて廊下を歩いて行く。

レイオーンがハンナに声をかける前に、彼女が立ち上がった。

「あたし、ゾフィーヌ様の様子を見てきますね」

「ああ、頼む」

つぶやくように言うと、レイオーンが亜弥の隣へ腰かけた。

「つらい思いをさせてばかりだな、亜弥。すまない」

亜弥は首を横に強く振る。

「大丈夫です。私、ゾフィーヌさんに許してもらえるように努力します」

「亜弥――」

悠真が厨房へ行き、レイオーンの分のエッグベネディクトを持ってきて、テーブルに置いた。

「ありがとう、ユーマくん。……亜弥、今朝、父に宛てて手紙を出してきた」

ロゼリフ国は郵便事情が発達していて、ポストと同じ役割を担《にな》う投函箱《とうかんばこ》がそれぞれの町に点在している。切手を貼って入れておけば数日で郵便が届くようになっていて、とても便利だ。

「母は昔から言い出したら聞かないところがある。でも、母も父には逆《さか》らったことがない。俺から母に婚約を許してくれるように説得を続けながら、父に協力してもらおうと思っている」

「レイオーンさん、もし……お父さんが反対したらどうするんですか？　姉さんのことを諦めるつもりですか？」

悠真が真摯な表情で尋ねると、レイオーンは即座に首を左右に振った。

「父が反対しても、なにがあっても、俺は亜弥を諦めたりしない」

はっきり言い切ったレイオーンに、悠真はようやく頬を緩ませる。

「――姉さんを頼みます」

自分に言い聞かせるような悠真の囁きに、「わかった」とレイオーンは真摯な眼差しを向けて頷いた。

第二話　エルフ族とダークエルフ族、バウムクーヘンとエクレア

1

ゾフィーヌがファイ邸へ戻ってきて三日が過ぎた。亜弥が作る料理は気に入ってくれたが、依然としてレイオーンが結婚の話を切り出すと、ゾフィーヌは唇を突き出して「うるさいわね」とそっぽを向いてしまう。

そして、縦にも横にも大きいゾフィーヌは食べる量も多く、大盛りにしても文句が飛んでくる。

「アヤさん、食事の量が少なすぎますわ！　おかわり!!」

一回目のおかわりには笑顔で応えるが、食べ過ぎるとカロリー過多《かた》になるので、二度目のおかわりからは「食べ過ぎになります」とはっきりと断るようにしている。

「んまあ！　あたくしに我慢しろと言うの？」

「もう、お母様ったら、おとなげないわよ」

ジーナに窘《たしな》められて、ゾフィーヌは悔《くや》しそうに顔を背け、ぶつぶつ文句を言いながらも、亜弥の毅然《きぜん》とした態度が揺るがないとわかると、ドスドスと部屋を出て行った。

よく晴れた朝、ゾフィーヌは朝食のおかわりの二回目を断られ、また地響きを立てて階段を上がってしまった。

「まったく、ゾフィーヌ様は……アヤ嬢、ユーマさん、気になさらず、行ってらっしゃい」

ハンナに見送られて、亜弥と悠真はコックコートの着替えを持って邸を出た。

ジーナとラキも見送ってくれ、亜弥と悠真は春風のような心地よい風に吹かれて歩いているうちに、じきに大通りへ出てレストランかのんに着いた。

裏口の鍵を開けて中に入ると、亜弥は着替えを置いて、木籠と店用の財布を手に取った。

「買い出しに行ってくるわね、悠真」

「気をつけて」

悠真にお店に残って開店準備を進めてもらい、亜弥は市場へ食材の買い出しに行くのだ。

亜弥と悠真が交代することもあるし、買い物が多い時は二人で市場へ行くこともある。

亜弥は木籠を手に、大通りの外れにある辻馬車乗り場へ向かった。辻馬車は安い値段で目的地まで乗せてくれてるので、市場へ行く時はいつも利用している。

乗り場にはすでに小型の馬車が停まっていて、御者に「市場までお願いします」と告げて代金を先に支払い、ワンピースの裾を持ち上げて馬車へ乗り込んだ。

ガタゴトと馬車に揺られて、じきにエルフ村の入口にある大広場へ着いた。農耕民族として集団で村を形成しているエルフ族の人々が中心になり、ここで毎朝、市が開かれている。

新鮮な野菜や果物、穀物や珍しい薬草やハーブ、その他海産物などが売られていて、人族の他にドワーフ族やホビット族など他種族が集まり、いつも賑やかだ。

お礼を言って辻馬車を下りた亜弥は、買う食材を探しながら、活気ある声が響く朝市の中を歩いて行く。

「おや、アヤさん、おはようございます。またお店に寄るからね」

「アヤさん、いらっしゃい」

最初は亜弥の黒髪に驚いていた人々も、今ではすっかり慣れて、気軽に声をかけてくれる。レストランかのんが東の都の人々の多くから受け入れられていることが、とてもうれしい。

「あ……！」

ぐるりと市場の中を見て買い物をした亜弥は、人族の父親とエルフ族の母親と一緒に、小さな女の子が店を手伝っている荷車を見つけ、駆け寄った。

「ナーダ！」

声をかけると、荷台に人参を並べていたエルフ族特有の緑色の髪と尖った耳を持つ少女が振り返り、ぱぁっと顔を輝かせた。

「アヤ姉ちゃん！　いらっしゃい！」

「ふふ、小さなエプロンをつけて……。ちゃんとお手伝いをして、えらいわ、ナーダ」

そばに行き、ナーダのやわらかな髪を撫でると、花が咲いたような愛らしい表情が返ってきた。

ナーダの父親のロジャーが、ブルーベリーの木箱を置いて、亜弥に挨拶をする。

「やあアヤさん、いらっしゃい。今度家族でレストランかのんへ寄らせてもらいます」

「ありがとうございます、お待ちしてます。そのブルーベリー《ピノラー》、瑞々《みずみず》しくて艶《つや》やかですね」

「ええ、人参《サユイ》と並ぶうちの看板商品です。おーい、アヤさんだぞ」

ロジャーが荷台の奥にいる妻に声をかけると、エルフ族の妻は手を止めて亜弥の方へ歩いてきた。

「まあアヤさん、いらっしゃい！」

「マリアさん、お久しぶりです」

第二子を妊娠中のマリアは、つわりが重くてしばらく市場へ来ていなかったが、落ち着いたのだろう、少し顔がふっくらして、表情も明るくなっている。

「アヤ姉ちゃん、あたし、お姉ちゃんになるの！」

　誇らしげに言うナーダを、ロジャーとマリアが目を細めて見つめている。幸せそうな家族の様子に亜弥の口元もほころび、買い物をすることを忘れそうになった。

「そうだ、瑞々しくて立派な人参とブルーベリーの両方、二籠ずつください」

　ナーダが「はいっ」と元気よく返事をする。

　木籠の中へ大きくて立派な人参を二籠分入れ、ロジャーがブルーベリーを測りながら、木箱を運んでいる手伝いの若い男性に声をかけた。

「おーい、フレット、ブルーベリーを入れる紙袋を持って来てくれ」

　フレットと呼ばれたのはエルフ族の若い男性で、やはり緑色の髪と細長い耳、そして白い肌をしている。

　彼は木箱を置いて荷台の横にある紙袋の束を持ってきた。

「紙袋ってこれですよね……うわ、黒髪！」

　亜弥に気づいたフレットが、目を丸くしている。

「失礼だよ、フレット。こちらはアヤさんといって、レストランかのんの店長さんだ」

　ロジャーの言葉に、フレットという青年が限界まで目を大きくした。緑色の目がぽろりと落ちそうで怖い。

「レストランかのんって、あの有名な？　この黒髪の若い娘さんが店長だ？　僕より年下っぽいのに。それに可愛い……」

ぼそぼそとつぶやきながら、亜弥を凝視している。

「アヤさん、紹介しますね。こちらは北の都から十日ほど前に我が家の隣へ越してきたフレットです」

「初めまして、アヤ・カノンです」

マリアが紹介してくれ、亜弥は笑顔で頭を下げる。ハッとなったフレットがあわてて早口で言った。

「どうも、フレット・ミルです。妹と二人暮らしで、ロジャーさんに教えてもらいながら、人参とブルーベリーを作り始めたところなんです」

マリアが腹部に手を当てながら、付け加える。

「フレットくんは北の都で人参を作っていたようで、農耕の知識があるし、真面目な青年なの。今日、初めて市場に来たのよ」

「今度、レストランかのんへ行かせてもらいます」

フレットの言葉に、亜弥は笑顔で頷いた。

しかし、ナーダはきゅっと口元を引き締めたまま、フレットから距離を置いている。

どうしたのかなと思っていると、背後からポンと亜弥の頭上に熱が落ちた。

「よう、アヤ！　黒髪は目立つからすぐにわかった……！　元気そうだな」

わしゃわしゃと髪を掻き混ぜられる。振り向くと、紫色の長い髪と褐色の肌を持つダークエルフ族の美青年、グレイが立っていた。

「グレイさん、おはようございます。髪が乱れてしまうので……」

手をぐいっと押し退けると、グレイは無邪気に笑った。

「ははは。店の買い出しか。荷物を持ってやろう」

レイオーンと並ぶくらいの長身に黒衣を纏ったグレイは、精悍な褐色の美顔を優しくほころばせ、木籠をひょいと持ってくれる。

その様子を見て、亜弥にしがみついていたナーダが、顔を輝かせてグレイに飛びつく。

「グレイ！　会いたかった」

「おいおいナーダ、朝市を覗くたびに声をかけているだろう。久しぶりみたいに言うな」

「だって、会いたかったんだもん」

このロゼリフ国では、昔からエルフ族とダークエルフ族の仲が悪かった。そのため初めてグレイと会った時、ナーダは頑なに心を開かず、避けるような態度を取っていた。

しかしグレイは、ナーダを黒霧から助けたり、エルフ族とダークエルフ族の関係を改善しようと、双方の言い分を伝えたり、間に入って話し合いの場を作ってきた。今ではナーダも、そんなグレイのことが大好きでなついている。

グレイがナーダを軽々と抱き上げた。

「重くなったな、ナーダ。もうすぐ六歳だな」

「うん、あたし、お姉ちゃんになるの」

「ほう、それは楽しみだな」

グレイのことを信頼しているのだろう。その様子を見たナーダの両親であるロジャーとマリアは微笑んでいる。

亜弥はふと、フレットだけが青ざめた顔でグレイを凝視していることに気づいた。

（フレットさん……？）

具合が悪いのだろうかと思い、声をかけようとした直後、フレットが大きな声を出した。

「ダ、ダークエルフだ！　ダークエルフ族の男が朝市にいるぞ！　で、出て行け!!」

「え？」

亜弥もロジャーもマリアも驚いて唖然となった。その間にもフレットは周囲の人々へ知らせるように叫び続ける。

「見ろ、ダークエルフ族がいる！　みんな来て!!」

「なんだ、賑やかなやつだな」

グレイは驚いた様子もなく、小さく肩をすくめた。

「お前はダークエルフだろう！　なぜ市場に来ているんだ！　ここはエルフ族の市場なんだぞ！」

フレットが顔を強張らせて怒鳴りつけると、グレイがゆっくりとナーダを下ろし、フレットと向き合った。

「この朝市は誰でも自由に参加できるはずだ」

「ダ、ダークエルフ族はダメだ！　さっさと帰れ！」

グレイの切れ長の双眸が鋭く光った。

「なぜダークエルフが来てはいけないんだ？」

怖気づいたフレットが一歩後ずさり、叫ぶように言う。

「なぜって、ダークエルフ族は淫乱《いんらん》で卑怯《ひきょう》だからだ！　エルフ村の市から出て行け！」

「おい若いの。グレイさんに何を言ってるんだ！」

周囲に集まったエルフ族の人々から反発する大きな声が飛び、フレットは目を見開いた。

ロジャーがあわててフレットの腕を掴んで叫ぶのを止めるように言う。

「フレット、北の都ではまだいざこざが続いているのかもしれないが、この東の都ではエルフ族とダークエルフ族は平和に暮らしている。いくらグレイさんがダークエルフ族のリーダーだからって、出て行けはひどいよ。市場はみんなのものだ」

ぎりっと唇を噛みしめたフレットがグレイを睨みつける。

「お前がダークエルフ族のリーダーなのか？　僕は身勝手なダークエルフ族が大嫌いだ！　覚えておけ！」

エルフ族の中からフレットの暴言を諌める声が次々に上がる。

「おい！　いい加減にしろよ。グレイさんは何もしてないのに難癖つけて」

「東の都ではエルフ族とダークエルフ族の確執は収まっているというのに、ぶり返すような発言をするあんたが一番問題だ」

「そうだ、そうだ」

周囲の声に、フレットはぐっと言葉を飲み込んだ。グレイへ敵意のこもった眼差しを向け、踵を返すと、逃げるようにその場を走り去ってしまう。

「フレット、待ちなさい」

ロジャーが声をかけたが、フレットは立ち止まらず、そのまま人混みの中へ紛れた。

その様子にため息をつきながらも、集まっていたエルフ族の人々はそれぞれ自分たちの売り場に戻り、買い物客も普通に歩き出す。

ロジャーがグレイに頭を下げた。

「すみません、グレイさん。あの青年はフレット・ミルといって、北の都から来たばかりなんです。どうもダークエルフ族に強い恨みを抱いているようで」

グレイは顎に手を当て、小声でつぶやく。

「北の都から？　フレット・ミルか……。ほら、ナーダ、いつまでしがみついている？」

後半はナーダに向けて言った言葉で、ロジャーも苦笑しながら声をかける。

「ナーダ、グレイさんは忙しいんだから、いつまでも甘えてはいけないよ」

そう言っても、ナーダはグレイの足にしがみつくようにして、父親のロジャーから隠れてしまった。

亜弥がしゃがんでナーダと目線を合わせる。

「どうしたの、ナーダ？」

「……あたし、フレットさん嫌い」

小さなつぶやきに、グレイと亜弥は顔を見合わせた。グレイがくしゃくしゃとナーダの緑色の髪を優しく掻き回す。

「そう言うな。ナーダはエルフ族の血を引いているんだから、あのフレットとかいう男は同族だろう。嫌ったらかわいそうだぞ。仲良くしてやれ」

「――やっ」

「ナーダ」

グレイがナーダの小さな額を指でピンと弾いた。

「ほら、頑張ってお客さんに売り込みをしないと。ナーダ、また来るから」

「うん……」

ナーダの母親のマリアが頭を下げる。

「アヤさん、グレイさん、いつもナーダを可愛がってくださって、ありがとうございます」

「いいえ、それじゃあ、ナーダ、またね」

亜弥とグレイが手を振ると、ナーダはマリアとロジャーと一緒に、笑顔で手を振り返した。

ナーダたちと別れると、亜弥は活気のある声を響かせている朝市の中を歩いて食材を次々に購入した。その間、グレイが木籠を持って一緒に回ってくれ、とても助かった。

「──アヤ、ひとつ聞いてもいいか。お前の元気がないのは何が原因だ？　騎士団長殿と喧嘩でもしたのか？」

突然の質問に、亜弥は目を丸くしながら、小さく息をつく。勘のいいグレイは、亜弥の胸の奥の不安まで見抜いてしまっていた。

「何でもわかってしまうんですね。すごいです。さすがグレイさん……」

「惚れ直したか？」

グレイの手が伸びてきて、亜弥の黒髪をわしゃわしゃと掻き混ぜた。

「髪が……」

「何があったんだ？　オレ様に話してみろ」

グレイの声音が真摯に響き、心配してくれる彼の優しい気持ちが伝わってくる。亜弥はお客さんの通行の邪魔にならないように端のほうへ寄ると、ゆっくり口を開いた。

「――実は……レイオーンさんのお母さんが旅から戻って来られたんです。それで、レイオーンさんと私の結婚に反対だと……」

「ほう、アヤの口から結婚という言葉が出ると、複雑な気持ちになる。それで、騎士団長殿はババアの言いなりなのか？」

「いいえ、懸命に説得しようとしてくれています。でも、なかなか許してもらえなくて」

グレイは苦笑しながら、もう一度亜弥の髪をわしゃわしゃとかき混ぜた。

「ババアなんて放っておけばいいものを。大変だな、騎士団長殿もアヤも。なんとかしてやりたいが、アヤと騎士団長殿の二人で頑張って、ババアを説得するしかないようだな」

グレイはいつも、亜弥とレイオーンの仲を心配し、応援してくれる。それはきっと、グレイがレイオーンのことを尊敬し、よい意味でライバルと認めているからだろう。

買い物が終わると、亜弥とグレイは朝市の広場に隣接している、辻馬車乗り場まで送ってくれた。

「ありがとうございます、グレイさん。本当に助かりました」

亜弥はグレイが持ってくれていた木籠を受け取った。

「レストランかのんまで送らなくて大丈夫か？」

「はい、また食べに来てください。グレイさんの好きな肉料理を用意して待ってます」

「ババアに負けるなよ、アヤ」

辻馬車に乗る前に、再度くしゃくしゃに髪を混ぜられた。

「グレイさん……髪がめちゃくちゃになっちゃいます」

ぐいっとグレイを押しやると、彼は声を上げて「ははは」と明るく笑った。

降り注ぐ日差しに包まれる中、亜弥はふいに視線を感じ、周囲を見回した。市場の人々が行き交う中、荷台の陰に隠れたフレットが、睨むような眼差しでグレイを見つめている。

「フレットさんが」

思わずつぶやくと、グレイが振り返り、気づいたフレットは慌てた様子で、こそこそと逃げて行く。

(なんだか嫌な予感がする)

亜弥は不安になったが、グレイは飄々としたいつもの調子で、それじゃあと片手を上げ、市場のほうへ戻って行った。

2

亜弥がフレットと再会したのは、それから二日後だった。

この日も亜弥が朝市へ買い出しに行ったが、ナーダの家族は店を出してなかったし、グレイやフレットの姿も見かけなかった。

食材を買って辻馬車で大通りまで戻った亜弥は、レストランかのんの裏口から中に入り、コックコートを着て厨房で下準備をしていた悠真に「ただいま！」と声をかけた。

「お帰り、姉さん」

購入してきた野菜や果物を食材庫にしまったり調理台に並べたりしたあと、亜弥もコックコートに着替えて髪をポニーテールにし、帽子をかぶる。

（よし、頑張る！）

気持ちを切り替え、丁寧に手を洗い、二人で開店準備に取りかかった。

十時から正午まではスイーツを中心に販売している。今日のスイーツはバウムクーヘンとエクレアだ。

（まずはバウムクーヘンの生地作りから！）

ふわふわとした食感が楽しめるように溶き卵を泡立て、砂糖と蜂蜜《はちみつ》、牛乳をボウルに入れて混ぜ、小麦粉を加える。このロゼリフ国は大陸一の砂糖生産国なので、安価で砂糖が手に入ることは本当に助かっている。しかしバターは高価で入手しにくいので、オリーブオイルをバターと混ぜ、香り付けのバニラオイルと共に加えて混ぜ合わせた。

（生地を焼いて……ああ、甘くてよい香りだわ）

亜弥はフライパンに生地を薄く流し、コテで平らに広げると、薄いのですぐに火が通る。ふつふつとしてきたら芯を置いて、隙間のないようにくるくると巻いていく。

鼻腔をくすぐる香りに目を細め、生地の厚さが均一になるように量を調整しながら、再度生地を流し入れ、はじめに焼いたバウムクーヘンに巻き付けていく。

この作業を生地がなくなるまで繰り返したら、芯を外して食べやすい大きさに切って完成だ。上からとろりとチョコレートをかけたものと、何もかけてないシンプルなもの、二種類を用意した。

そして、エクレアに取りかかる。

「姉さん、シュー生地を作ったよ」

「ありがとう、悠真」

亜弥がバウムクーヘンを作っている間に、悠真がオリーブオイルとバター、水と小麦粉を混ぜて水分を飛ばし、卵を加えてさらに混ぜ、シュー生地を作って絞り出し袋に入れてくれていた。

その生地を棒状に絞り出し、オーブンで焼くと、なんとも言えない香ばしい匂いが広がる。

きれいに膨らんだ生地に縦に切り込みを入れてクリームをしぼり、たっぷりと生地の上に刷毛《はけ》でチョコレートを塗ってコーティングする。

「シュー生地にアレンジを加えて、次はカスタードエクレアを作ろう、悠真！」

焼き上がったシュー生地を横に切り、カスタードクリーム——卵黄と砂糖を色が白っぽくなるまでよく混ぜたあと、小麦粉と温めた牛乳を加えて加熱しながら木べらで掻き混ぜ、冷蔵庫で冷やしたもの……それをたっぷりしぼる。スライスした苺をその上にのせると、なめらかで甘いカスタードクリームと甘酢っぱい苺の味の相性がとてもいい、カスタードエクレアができた。

亜弥と悠真は、完成したエクレアとカスタードエクレア、バウムクーヘンを冷蔵ケースの中に並べていく。

「これでよし……！　ちょうど時間だわ、開店するね」

十時になったので、『ようこそ』のプレートをドアにかけると、高齢の夫婦が一番に入ってきた。

「いらっしゃいませ！」

「娘から東の都のレストランかのんが美味しいと聞いて、二人で馬車で来たんです」

二人は仲睦まじい様子で、「きれいなお菓子ね」と囁き合いながら、冷蔵ケースの前で今日のスイーツを確認している。

「これはエクレアというお菓子で、シュー生地の中にたっぷりとクリームを入れ、チョコレートでコーティングしたものです。カスタードエクレアはカスタードクリームと苺《ルイツ》が入っています。バウムクーヘンは年輪のような模様が特徴で、口当たりがとても滑らかです」

悠真の説明に、二人は店内で食べていくと答え、テーブル席に着いた。

続いて大通りの帽子店の職人の若い女性二人が、ダークエルフ族の女性と一緒に入ってきた。

「いらっしゃいませ！」

初めて来店したダークエルフの若い女性が、興奮した様子で店内を見回している。

「わぁ、可愛いお店ですね」

「この子、新人なんです。アヤさん、ユーマさん、よろしくお願いします」

毎日のように来ている二人に紹介され、ダークエルフの娘がおずおずと一礼し、自己紹介した。

「帽子店で見習いとして働くことになったベニーと申します。母が人族で父がダークエルフ族なんです。よろしくお願いします」

「こちらこそ、どうぞよろしくお願いします」

「アヤさん、ユーマさん、スイーツのセットを三つ、お願いします」

帽子店の職人の娘たちは迷いながら、それぞれスイーツと飲み物を選んだ。

亜弥と悠真は、木製のトレイにそれぞれスイーツとドリンクをセットにして持っていく。

老夫婦は二人とも、紅茶とバウムクーヘンのセットを選び、帽子店の職人三人娘は、ベニーがバウムクーヘンとココアで、他の二人はエクレアとカスタードエクレアにオレンジジュースのセットだ。

「お待たせしました」

「まあ……！　本当、木の切り株のようなお菓子だわ」

老夫婦の妻が顔をほころばせる向かい側で、夫が早速フォークを手に取り、バウムクーヘンに顔を近づけた。食欲をそそる甘い匂いに促されるように、大きめに切り取ったバウムクーヘンにかぶりつく。

「うむ……っ、うまい！」

しっとりふんわりした食感が口の中に広がり、思わず唸るような声を上げた夫を見て、妻のほうもバウムクーヘンをフォークで口に運ぶ。

「この味と香り……なんて美味しいの」

口に入れるとふんわりとしたやわらかな生地がとろけ、コクを感じさせる甘さに包まれる。

ため息とともに感嘆の言葉がこぼれ落ち、老夫婦は互いに顔を見合わせ、笑顔で頷き合いながら紅茶を飲むと、目を細めてまたゆっくりとバウムクーヘンを味わっている。

帽子店の三人の娘は「きれい！」とスイーツを前に顔を輝かせた。

「これがバウムクーヘン……」

ベニーがフォークを動かし、口に入れて咀嚼する。

「美味しい！　こんなの初めて」

ベニーが目を丸くしている様子に、他の二人が「でしょう？」と誇らしげに笑っている。

そんな二人はエクレアとカスタードエクレアをそれぞれ手で取り、かぶりついた。

「うわ！　最高！」

そうつぶやいたまま、しばらく絶句した二人は、目を閉じて棒状のシュー生地のさくさくとした食感と、中にたっぷり入ったクリーム、コーティングのチョコレートの美味しさと口どけを味わう。

カスタードエクレアは、なめらかな食感のカスタードクリームと甘酸っぱい苺の風味が混ざり合い、互いに引き立て合って濃厚な味に仕上がっている。

「あたしも、そのエクレアというお菓子をひと口食べさせて」

顔の前で手を合わせるベニーに二人が頷き、三人はそれぞれ交換したものを食べ、さらに頬を緩め、満足して頷き合った。

「仕事の休憩に、甘いものが食べたくなったよ。アヤさん、ユーマさん、こんにちは」

「いらっしゃいませ！」

カランコロンとベルの音が連続して響き、お客さんが次々に入ってくる。

（ふふ、忙しくなってきたわ）

亜弥も悠真も張り切っている。

バタバタと走り込んできたのは、大通りの家具店のラフィス氏だ。

「アヤさん、ユーマさん、大変だよ」

そう言いながら、息を切らすラフィス氏にお水を差しだすと、ごくごく喉を鳴らして飲み干した。

「どうしたんですか、ラフィスさん。今日は奥様やエドガーさんたちはご一緒じゃないんですね」

息子のエドガーやその妻レベッカとよく一緒に来店するラフィス氏にそう聞いてみたが、彼は首を横に振った。

「それどころじゃないんだ」

ラフィス氏は亜弥と悠真の肩に手を置き、耳元でぼそぼそとつぶやくように低い声を出す。

「先ほど、王都から来た友人が教えてくれたんだ。王都の主要商店街で『レストランカノン』が開店したんだよ！　若い男女のシェフが営《いとな》んでいるらしいんだが、この二人は黒髪なんだ。ハーブで染めているらしく、まだら模様のような黒髪になっているそうだよ」

「王都に、レストランカノンというお店が……？」

亜弥と悠真は顔を見合わせた。ラフィス氏は声を抑えたまま話し続ける。

「その店で出てくる料理は、塩味のスープと砂糖入りのパンだそうだ。このレストランかのんの真似をして儲けようとしているようだが、客足はさっぱりらしい。ざまあみろだが、まったく不愉快だ」

「そうですか……。知らせてくれて、ありがとうございます」

ぎりっと奥歯を噛みしめ、興奮を抑えようとしているラフィス氏とは対照的に、亜弥と悠真は落ち着いていた。

「アヤさんもユーマさんも、腹が立たないのかい？」

眉根を寄せて問うラフィス氏に、亜弥と悠真はこくりと首肯する。

「模倣店ができることは以前にも経験しているので……慣れているんです」

日本で祖父がレストランかのんを切り盛りしていた時も、似た名前のレストランが近くにできたことがあった。

その時の経験から、人気店にあやかろうと上辺だけ真似ても、肝心の料理に工夫がされていなければ、客足はじきに遠のいていくことを知っている。

「塩味のスープと砂糖入りのパンだけなら、一度は騙されて入ったお客さんもすぐに離れていくことは確実だと思います」

明るい亜弥の声に、ラフィス氏は眉を下げた。

「でもなぁ、悔しいじゃないか。一応、王都に住んでる友人に、偽物《にせもの》の店だって広めてくれるように言ったんだが」

「ラフィスさん、お心遣いありがとうございます」

亜弥と悠真が頭を下げると、ラフィス氏は「そんな、いいんだよ」と顔の前で手を振る。

「悔しい気持ちが大きいが、たった一年で模倣店ができるほど有名になったことに、常連客として誇らしい気持ちも持っているんだよ。王都にもいつかレストランかのんのちゃんとした店を出して、偽物をとっちめてやりたいよ」

そう言いながら、ラフィス氏は冷蔵ケースを覗き込む。

「やあ、今日も美味しそうだ。バウムクーヘンとエクレアの両方、店内でいただきます。あとで妻とエドガーとレベッカさんの分を持って帰らせてもらいますね」

「はい！」

スイーツのセットを運びながら、亜弥と悠真は手際よくランチの下準備を進めていく。

再びベルの音が響き、亜弥は元気よく顔を上げる。

「いらっしゃいま……せ……」

ドスドスと足音を響かせて店内に入ってきた、黄色のドレスを着た太った女性を見て亜弥の語尾が消えてしまう。

顔を隠すよう帽子を深くかぶり、珍しそうに店内を見回しているのはゾフィーヌだ。後ろからハンナも入店してきて、亜弥のほうを見て、すみませんというように微苦笑しながら、小さく頭を下げている。

「あの、ゾフィーヌさん？」

　思わず亜弥が声をかけると、ゾフィーヌはハッと動きを止めた。

「あ、あら。よく気づいたわね。だからあたくしひとりで行くと言ったのに。ハンナが来るとすぐにわかっちゃうでしょ！」

　睨まれたハンナが眉根を寄せて言い返す。

「ゾフィーヌ様はレストランかのんの場所をご存じなかったから、ご一緒させてもらいましたが、入口のところであたしは帰ると言いましたよね。それなのにゾフィーヌ様がひとりじゃ店に入れないと、迷子の仔犬のような顔でおっしゃるから――」

　両手を胸の前で合わせ、いじらしいような口調で「一緒に入って。お願い」と真似をしたハンナに、ゾフィーヌが真っ赤になって叫ぶ。

「誰がそんな言い方をしたんですの！　まったく。それにしても……結構歩いたから、お腹が空きましたわ！　よい匂いが漂っているから余計に！」

　文句を言うゾフィーヌだが、わざわざ歩いて店にきてくれたのだと思うと、あたたかな気持ちが胸の底から込み上げてくる。

「ご来店、ありがとうございます。どうぞ席へお座りください」

　亜弥のうれしそうな声に、ゾフィーヌは顔を歪めた。

「お腹が空いたから来ただけです。ハンナが作る昼食はいまいちだから」

「それは、アヤ嬢の作る料理と比べたら……あたしに料理を教えてくれたのはアヤ嬢ですから」

苦笑するハンナに亜弥は思わず小さく笑い、悠真も笑顔でスイーツを勧める。

「今日のスイーツはバウムクーヘンとカスタードエクレアです」

ゾフィーヌとハンナはそれぞれバウムクーヘンとカスタードエクレアをオーダーし、端っこのテーブル席へ座った。

窓から差し込む日差しが、店内を明るく穏やかな雰囲気に包んだ直後――事件が起こった。

バンッと大きな音が響き、若いエルフ族の男性が入ってきたのだ。

緑色の短い髪と尖った耳、そして白い肌……全体的に小柄な印象の彼は、数日前、市場で会ったフレットだ。

「いらっしゃいませ、フレットさん。どうぞ、カウンター席へ」

案内しようとして近くに寄ると、フレットから強いお酒の匂いがした。

（フレットさん、酔っている……？）

このロゼリフ国では夜になると一気に気温が下がるので、男性客を中心に酒場が繁盛している。また日中でも酒場は開いており、多種類のアルコール類が販売されているので、自宅で飲んできたのだろう。

かなりの量を飲んでいるようで、フレットの目つきが変わっている。

彼はダークエルフ族に恨みがあるようだったので、亜弥はちらりと店内で食べているダークエルフ族の女性、ベニーから離れた席に案内した。しかし——。

「ごちそうさまでした」

ベニーを含め、帽子店の若い三人の女性が食べ終わり、タイミング悪く立ち上がった。

何気なく三人娘のほうを見たフレットが、ベニーに気づいてカッと目を見開いた。

「ダークエルフ族だ！　なんでこんなところへ！」

いきなり叫び始めたフレットに、店内のお客が何事かと驚いている。

「よくものこのこと！　ダークエルフ族め、さっさと帰れ！」

「あの、あたし……」

怯えて泣きそうな顔になったベニーをかばうように間に入り、亜弥ははっきりと言う。

「フレットさん、この店は誰でも自由に来店してもらっています。そんなことを言うなら、フレットさんが帰ってください！」

そして、ベニーに「ごめんなさい」と言って、他の二人と一緒に帰ってもらった。

フレットは亜弥を睨みつけ、ふんと鼻を鳴らした。

「そういえばあんた、あのグレイとかいうダークエルフと親しそうだったな。やっぱり黒髪はダメだ」

その言葉に店内にいたラフィス氏がガタンと立ち上がる。

「おい、あんた、ここは美味しく料理を味わう場所だ。邪魔するんなら出て行ってくれ」

そうだ、そうだと他のお客さんからも声が上がる。

「オレはこいつを知っているぞ。エルフ村に来たばかりのフレット・ミルだ」

そう叫んだのは、大通りの外れで薬草を売っているレンジー氏だ。栽培の関係でエルフ村によく行く彼は、渋面でフレットに諭すように言う。

「なあ、あんた妹とふたり暮らしだろう？　真っ昼間から酒を飲んでないで、ちゃんと畑を耕しているのか？」

「うるさいっ！　どいつもこいつも……」

わめきながらフレットがテーブルの上のガラスのコップを掴んだ。

「ダークエルフは大嫌いだ！」

叫んでコップを壁に投げつけ、ガシャンと耳障《ざわ》りな音を響かせる。

「おい、あんた！」

ラフィス氏とレンジー氏が止める間もなく、フレットが暴れ出した。

「ちくしょう、ダークエルフなんか……っ」

酔ったフレットはベニーたちが食べた皿を手当たり次第に床へ叩きつける。ガシャン、バリンと耳障りな音が響き、厨房にいた悠真がひらりとテーブルを飛び越えて駆け寄り、フレットの腕をつかんだ。

「止めなさい！」

「はぁ、はぁ……ダークエルフ族なんかっ」

悠真と店にいたラフィス氏や他の男性客に押さえつけられたフレットは、それでもまだ暴れようともがいている。

レンジー氏が外へ駆け出し、じきにエルフ族の若い娘を連れて戻ってきた。

「フレットの妹、ドーラちゃんを連れてきたぞ！」

緑色の肩までの髪を振り乱しながら、転がるように店に飛び込んできたドーラという娘は、十八歳くらいだ。彼女は食器が散乱している店内の様子と兄を交互に見て、唖然となった。

「お、お兄ちゃん!?　なんてことを……！　ちょっと目を離した隙にふらっといなくなったと思ったら……。お兄ちゃんの馬鹿！　こんなに迷惑をかけて……っ」

目に涙が浮かべ、ドーラは床に座り込んでいる兄をぽかぽかと叩く。フレットは眉をしかめ、無言で妹を突き飛ばした。

「くそっ！」

「待って、お兄ちゃん！」

フレットは足元をふらつかせながら店を出て行く。追いかけようとしたドーラが振り返り、亜弥を見た。

「あたしはドーラ・ミルといいます。兄が迷惑をかけて本当にすみませんでした。かならずあとで兄と共に謝罪に来ます。弁償《べんしょう》もしますので……」

深く頭を下げ、店を飛び出した兄の後を追う。

店内に割れたお皿が散乱した状態に、この日、お店は閉店することになった。

ラフィス氏とレンジー氏、お店にいたお客へ、それぞれスイーツをたくさん詰めた小箱を手渡した。

「午後は閉店にしました。残ってはいけませんので、よかったら持って帰ってください」

「ありがとう。それにしても、災難だったね」

「大丈夫かい、アヤさん、ユーマくん」

心配してくれるお客さんに、笑顔で「大丈夫です」と答え、頭を下げた。

お客様が帰り、じきに割れた食器が散乱した店内は、亜弥と悠真、それにハンナとゾフィーヌだけになった。

唖然となっていたハンナが、ようやく我に返った。

「――なんてことでしょう。あんな泥酔者《でいすいしゃ》がこの東の都にいるなんて。大丈夫ですか、アヤ嬢。ユーマさんも……」

亜弥はハンナに心配をかけまいと、小さく微笑んだが、今までレストランかのんの店内で暴れた人は妖魔の黒霧以外初めてで、本当はとても怖かった。

指先が小刻みに震えて、割れた食器を片付けようとして、尖った端っこで指先を切ってしまう。

「あっ」

焼けるような痛みに、思わず指先を押さえると、大きな破片を片付けていた悠真が驚いて駆け寄った。

「姉さん、指を――」

「なんですって！　あたくしに見せなさい！」

バリンバリンと破片《はへん》を踏みつけ、悠真を押しのけたゾフィーヌが亜弥の手首を掴んだ。

「血が出てるじゃないの！　大丈夫なの？」

「ゾフィーヌさん……」

血がにじむ指先を見て、顔を歪めているゾフィーヌに、亜弥は目をまたたかせる。

(やっぱりレイオーンさんのお母さんだわ。ゾフィーヌさんはとてもお優しい……)

悠真が血止めの薬草を持ってきて、傷口の上に置き、包帯を巻いてくれる。

「ありがとう、悠真。もう痛くないわ」

亜弥は店の奥から箒を持ってきて、破片を掃き集める。

手伝うというハンナに、亜弥は笑顔を向ける。

「悠真と二人で大丈夫です。午後からは閉店にしましたから、前よりも居心地のよい店内になるように大掃除を兼ねてゆっくり頑張ります。ハンナさんとゾフィーヌさんは、お屋敷へお戻りください」

テキパキと片付ける亜弥と悠真を見て、ゾフィーヌが髪を掻きむしるようにしながら叫んだ。

「イライラするわ！」

「ゾフィーヌさん？」

「さっきのエルフ族の青年に、割れた食器の代金をきっちり支払ってもらいなさい！　怪我した指の治療代も、忘れずに請求するのよ！」

命令口調でそう言い、ゾフィーヌは腹が立って仕方がないという様子でハンナを促しながら、レストランかのんを出て行った。

亜弥と悠真は割れた食器をすべて拾うと、床と壁を丁寧に拭き掃除した。

割れた破片でお客さんが怪我をしてはいけないので、もう一度確認し、テーブルのレイアウトを少し変えてみた。

「よし……これで大丈夫だと思う」

「うん、前よりきれいになったね」

亜弥と悠真が外へ出ると、いつもの閉店時間より遅い時間帯で、空と大通りが茜色に染まっていた。

3

その日の夜――。

騎士団本部から戻ってきたレイオーンに、ゾフィーヌが興奮しながらフレットのことを話した。

「エルフ族のフレットとかいう若者が、泥酔した状態で店の中で暴れ出したのよ！」

瞠目したレイオーンが、心配そうに亜弥に「怪我は？」と尋ねる。

「大丈夫です」

「そんなことないわよ！　アヤさん、指先をざっくりと切ったんだから！」

「悠真が手当してくれたので、もう出血も止まっています」

レイオーンは亜弥の指を手に取り、包帯と薬草を外して確認すると、小さく安堵の息をついた。

「君やユーマくんがこうして無事で帰ってきてくれて本当によかった。店のほうは？」

「割れた破片の片付けも終わったので、明日から通常通り開店できます」

「わかった――。その暴れたエルフ族の男がまたレストランかのんへ来ないか心配だな」

「そうですね……フレットさんは北の都から、ロジャーさんの隣の家に越してきたばかりだと聞いていますが、ダークエルフ族のことを目の敵のように思っています。なぜあそこまで憎《にく》むのでしょうか」

話を聞いていたゾフィーヌが苛立った様子でバシッとテーブルを叩いた。

「なぜって、昔から大人しい農耕民族であるエルフ族と、淫乱な狩猟民族のダークエルフ族は不仲だったのよ！　だからって、何もレストランで暴れることはないのに！　店にダークエルフの娘がいただけでいきなり怒り出したのよ、あの酔っ払いは！」

怒り心頭のゾフィーヌを見て、ジーナが小首を傾げた。

「確かにひどい男ね。でも、ダークエルフが嫌いって、お母様と同じじゃない？」

「んまあ、ジーナったら！　あたくしは暴れたりしませんわ！」

ゾフィーヌは顔を真っ赤にして、なぜか亜弥を睨む。

「おかげであたくし、バウムクーヘンもカスタードエクレアも食べられませんでしたわ！　アヤさん、レストランなんかやめて、ファイ家のコックになればいいのに！」

「それは……できません。すみません」

この国へ飛ばされてきた亜弥と悠真が、こうして元気に過ごせているのは多くの人に助けてもらったおかげだ。だからこの国の人々のために、レストランかのんを開いてカロリー過多な食事ではない美味しさを広めたいと思っている。

ゾフィーヌは再び髪を掻きむしるようにした。

「怪我までしたのにまだ続けたいなんて、どういうつもり？　あぁイライラするわ！」

ゾフィーヌが怒っているのを見て、ハンナが小声で亜弥に囁いた。

「ああいう言い方しかできない天邪鬼《あまのじゃく》なゾフィーヌ様ですが、本当はアヤ嬢の身を案じているのです。レストランをすることは反対だとおっしゃってますが、手を切りながらも、文句を言わず後片づけを頑張るアヤ嬢の様子を窓の外から見て、感心していましたから」

「聞こえてますよ、ハンナ！　だれが感心してるっていうんです？　全然違いますよ！　レイオーンにはミラー家令嬢のメリッサ様がお似合いなんです。あたしはただ、アヤさんがあんな目に遭わないように……ごほん、ち、違いますわ！　あたくしもダークエルフ族は嫌いですから！　あのエルフの青年には怒りしか感じませんが、彼のダークエルフが嫌いという考えには賛成ですわ！」

よくわからないことをまくし立てるゾフィーヌに、ハンナが眉を下げ、深いため息を落とす。

「ゾフィーヌ様、ダークエルフ族の人々についてですが、この町ではグレイさんという、ダークエルフ族の若きリーダーがエルフ族と友好的な関係を築こうと努力しているんです。昔と違ってダークエルフのみなさんも、町の中でちゃんと居場所があるんですよ」

「だから何？　昔とは違うのかもしれないけれど、とにかくあたしはダークエルフが嫌いなの！」

ゾフィーヌの強い口調に亜弥が尋ねる。

「ひとつお聞きしてもいいですか？　なぜエルフ族でもないゾフィーヌさんが、そんなにダークエルフ族を嫌うのですか？」

ぐっとゾフィーヌが言葉に詰まり、顔を背けた。沈黙が落ちた後、執事のラキが「レイオーン様にお手紙です」とファイ家の家紋が押された封筒を持ってきた。それを確認し、レイオーンが顔を上げた。

「――父からだ」

「まあ、ルノーから？　読んでちょうだい！」

頷いて封筒を開けたレイオーンがざっと目を通し、ゆっくりと手紙を読み上げる。


「親愛なる息子、レイオーンへ――手紙を読んだ。レイオーンに婚約を考えている娘さんがいるということ自体、とてもうれしいと思う。

わたしは黒髪でも特に反対はしないが、実際にその娘さんに会ってみないうちは賛成することもできない。

あと二週間ほどでこちらの用事が終わる。ゾフィーヌにそちらで待つように伝えてほしい。

レイオーンが選んだ女性に会える日を楽しみにしている。


ルノー・ファイより」


（レイオーンさんのお父さん……ルノーさんが、黒髪でも反対しないと言ってくれた）

賛成してもらえるかまだわからないが、希望はある。亜弥は小さく安堵のため息をついた。

腰に両手を当てたゾフィーヌがふんっと鼻を鳴らし、不機嫌な顔をレイオーンへ向けた。

「……まあいいわ。ルノーが帰ったら、アヤさんとのことをじっくり話し合いましょう。あらかじめ言っておきますが、たとえルノーが賛成しても、あたしはアヤさんとの結婚は反対ですから。それよりメリッサ様とお会いしなさい、レイオーン」

少しも動じることなく、レイオーンは明瞭な口調で答える。

「母上、何度も言わせないでください。俺が妻にしたいのは亜弥ひとりです」

「ムキーッ！　そういう一途なところはルノーにそっくりだわ。やはり親子ね。とにかく、あたくしは反対ですから！」

ドスドスと大きな足音を響かせて、ゾフィーヌは部屋を出て行き、ハンナがあわてて後を追う。

賑やかなファイ家を、窓の外から漆黒の空に銀砂を撒《ま》いたような星空が静かに見守っていた。

第三話　スイートポテトと公爵令嬢、ビーフカツレツと母への思い

1

翌日、レストランかのんが開店すると、来店したお客さんが、次々に声をかけてくれた。

「昨日は大変だったそうだね。酔ったエルフ族の青年が暴れたんだって？」

「アヤさんとユーマさんが無事でよかったわ」

心配してくれるお客さんのあたたかな気持ちに元気をもらい、亜弥と悠真はいつも以上にはりきって美味しい料理を作る。

一方で亜弥はフレットのことが気にかかっていた。数日が経ったある日——。

閉店時間になり、亜弥と悠真が厨房で片付けていると、ふいにドアの向こうからすまなそうな声が聞こえてきた。

「すみません、ドーラ・ミルです。フレットの妹です」

亜弥と悠真は顔を見合わせて頷いた。

「どうぞ」

声をかけると、カランコロンと小さなベルの音を響かせて、簡素なワンピース姿で、肩でそろえられた緑色の髪のエルフ族の若い娘……ドーラが入ってきた。

彼女が「お兄ちゃん」と背後に声をかけると、ズボンとシャツという小ざっぱりした服を着たフレットが立っていた。

「先日は、本当に申し訳ありませんでした」

妹のドーラが深々と頭を下げた。しかし店で暴れた張本人のフレットはバツが悪そうに顔を背けたままで、謝罪の言葉はない。ふいに亜弥のほうを見たと思ったら、顔を歪めて嫌味を言う。

「一日で営業できるようになったと聞いています。大した損害じゃないでしょう」

「お兄ちゃん！」

ドーラが真っ赤になって兄の腕を叩き、肩から下げたバッグの中から小銭が入った巾着袋を取り出した。

「ご迷惑をかけてしまって、これだけじゃ足りないと思います。後日、ちゃんと支払いますので、今日のところはこれで……」

受け取って袋の中を確認した悠真が、すっと一枚の用紙をフレットとドーラの前に置いた。

「これは被害の一覧です」

ドーラが食い入るように用紙を見つめる。割れた食器の枚数と金額が並んでいて、先ほどドーラが払ったお金とほぼ同じ金額だ。

亜弥はレジで両替《りょうがえ》して、小銭《こぜに》をドーラへ手渡した。

「これはおつりです」

「でも……あれだけ迷惑をおかけして、これだけでいいんですか？」

「なにより大きな被害は、食事中だったお客さんを不愉快な気持ちにさせ、途中で帰ってもらったことです。これはお金で払ってもらうことができませんから」

亜弥の静かな中にも怒りを含んだ口調に、ぐっとドーラが言葉を詰まらせる。

「本当に、申し訳ありませんでした」

深々と頭を下げるドーラの隣で、フレットが反省の欠片《かけら》もない表情で、ぼそぼそと口の中で「すみませんでした」と小さくつぶやいた。

「フレットさん、今後店内であんな発言をすることは絶対にやめてください。ダークエルフ族の方も大切なお客さんです」

フレットは顔を上げて、強い声音の亜弥を見た。彼の唇が弧を描き、表情に嘲笑《ちようしよう》が浮かぶ。

「ダークエルフ族の若きリーダー、グレイ・ロー。あの人、とんでもない人ですよ？」

「え？」

突然グレイの話になったので亜弥は目をまたたかせた。フレットがニヤリと笑う。

「最近、エルフ村の畑の温度調節機械のスイッチが止められる事故が続いたんです。その犯人がグレイさんではないかと言われているんですよ」

一日の気温が大きく変化するこの国では、農家の人々はそれぞれ畑に温度調節機械を設置している。購入すると高額な温度調節機械を、エルフ村の農場協会が安く貸し出しているので、エルフ村では美味しい農作物が作れている。そのスイッチを切る行為は、いたずらにしては悪質だ。

「まさかグレイさんがそんな……なぜグレイさんが犯人扱いされているんですか？」

唖然となって尋ねる亜弥に、ドーラがおずおずと説明する。

「二日続けて温度調節機械のスイッチが止められる事件があったので、エルフ村で見回りをすることになったんです。そしたら夜中にグレイさんが、エルフ村の畑の周囲にいるところを何人かが目撃したんです。その日、やはり温度調節機械のスイッチが切られていたので……グレイさんが犯人じゃないかって兄が……」

亜弥は動揺しながら、なぜグレイがエルフ村に行ったのだろうと考えた。

運動神経がよく弓と剣の扱いに長《た》けたグレイは、国中の森林で珍しい獣を相手に狩猟することを生業として、大金を稼いでいる。その彼が夜、エルフ村の畑に行く理由があるのだろうか。

「やはりダークエルフ族は信用できない。卑怯で意地が汚い連中だ」

フレットの暴言に亜弥は拳を振るわせた。

「そんな……そんなことはありません！」

グスナー大陸の中で、ダークエルフ族は淫乱で乱暴で金儲けのためなら恩人さえ裏切るという悪いイメージが昔から存在していると、書物で読んだことがあった。確かに、レストランかのんを開店したばかりの頃は、この東の都でもダークエルフ族は人々から疎《うと》まれていた。

グレイが初めてレストランかのんに来た時、他のお客さんから冷たい目で見られながら食べていた姿を思い出す。

それでもグレイがダークエルフのリーダーになって変わった。犬猿の仲だったエルフ族と積極的に交流し、様々な面で援助したり騎士団と協力して市場の見回りをしたり、そのおかげでダークエルフのマイナスのイメージが払拭《ふっしょく》されたのだ。

「グレイさんはそんな、エルフ村の温度調節機械のスイッチを切ったりする人ではありません。何より、そんなことをする理由がありません！」

毅然と言い返す亜弥に、フレットは渋面になった。

「実際、あいつがエルフ族の畑を物色している姿を僕は見た！　他の見回りをしていた者も見ている。間違いじゃない。僕は昨日、警吏《けいり》に報告した。きっとあいつは地下牢に入れられるだろう。ダークエルフめ、ざまあみろってんだ」

亜弥は息を呑む。

「で、でも、証拠がないのに、地下牢に入れられるなんて」

「警吏じゃないから詳しく知らないが、たぶんあいつなら、他にも余罪があるだろうからね」

にやりと笑いグレイを侮辱するフレットに、強い怒りがこみ上げてきた。

「グレイさんに余罪なんて……！　フレットさんだって、実際にグレイさんが温度調節機械のスイッチを切るところを見たわけじゃないでしょう？　きっと何か別の意図があって畑を見ていただけだと思います」

「あいつは農耕民族じゃないのに、なんの意図があって畑を見ていたんだよ。黒髪の人間は黒霧に操られているという噂があるが、ダークエルフをかばうお前も怪《あや》しいものだな」

はははは、と乾いた笑い声を上げるフレットに、亜弥が懸命に言う。

「黒霧はもういません。それに黒髪と黒霧は関係ありません。私はグレイさんを信じています。この町の人々も同じ気持ちだと思います」

ダークエルフを信じるなんて大バカ者だ！　話にならない。帰るぞ」

フレットは吐き捨てるように言うと、踵を返した。

「すみません。兄とまた来ます。……お兄ちゃん、待って」

ドーラが頭を下げ、フレットの後を追って店を出て行った。

カランと小さな音がして、街路樹を揺らした風が吹き抜け、店内へ入ってくる。

亜弥と悠真は小さくなるエルフ族の兄妹を見送り、顔を見合わせた。

「姉さん――グレイさんが」

眉根を寄せた悠真が言葉を飲み込んだ。亜弥は居ても立っても居られない気持ちで、唇を噛みしめる。

「悠真、後片付けの続きをお願い。私、これからすぐエルフ村のナーダのところへ行って、ロジャーさんとマリアさんに詳しい話を聞いてくるわ」

「待って、姉さん。あの黒馬は」

悠真の視線の先を見ると、街道横を黒馬がものすごいスピードでレストランかのんのほうへ駆けてきていた。じきに店の前でひらりと馬上の人物が――レイオーンが飛び下り、店の駐輪場に黒馬の手綱《たづな》を手早く繋ぐ。

騎士団衣のレイオーンが勢いよく扉を開け、「亜弥……!」と店に駆け込んできた。

彼の顔を見た途端、亜弥の目にじわりと涙が浮かぶ。

「レ、レイオーンさん……！　グレイさんが……っ、エルフ村の温度調節機械のスイッチを切った犯人だと疑われて……っ」

「俺もそのことを君に知らせにきた」

興奮した亜弥を落ち着かせるように、レイオーンが優しく微笑んで力強い口調で言う。

「グレイは大丈夫だ。警吏班から連絡があって、俺も警吏本部へ行き、グレイの取調べに立ち会ってきたが、彼はナーダという少女の畑が心配で見回っていただけだった。実際、グレイが温度調節機械に近づいたところは誰も見ていないし、エルフ村の人たちも、グレイが今までエルフ族とダークエルフ族の架け橋になろうと努力してきたことを知っているから、犯人だと疑ったりしていない。それで取調べはすぐに終わった」

亜弥は詰めていた息を吐いた。

「よ、よかったです」

グレイが最初、このレストランかのんに来てくれた時――。

お客さんは皆、乱暴なダークエルフ族の若い男がいると警戒して、次々に席を立って出て行ってしまった。

そんな目に遭いながらも、グレイは決して周囲の人を責めることなく、いつも飄々としながら、町の人々のために頑張ってきたのだ。

亜弥にも「俺が来るとお客が減ってすまないな」と気を遣ってくれていた。そして、エルフ族の少女、ナーダのことをとても可愛がっている。今回も、エルフ村の温度調節機械のスイッチが止められたと聞いて、心配して様子を見に行っただけだったのだ。

フレットは誤解したままだが、他のエルフ族の人々がグレイのことを理解してくれていることが、亜弥は何よりうれしかった。

「それで……エルフ村の温度調節機械のスイッチを止めた犯人は、誰かわかったのですか?」

悠真が尋ねると、レイオーンは口元を引き締めて残念そうに首を横に振った。

「その件はまだ解決していない。明日から騎士団と警吏班が交代でエルフ村を見張ることになった」

気温の差が一日で大きく上下するこの国で温度調節機械を切られると、エルフ村の広範囲で農作物が育たなくなってしまう。

どうか早く犯人が見つかって、エルフ村の人々が安心できますように。

そしてグレイの無実が証明されますようにと、亜弥は心の中で祈った。

2

「ありがとうございました!」

午後の強い日差しに包まれて、亜弥はレストランかのんの「ようこそ」の手作りプレートを外した。

「今日も忙しかったね。悠真、あれ？」

閉店したのに、悠真が厨房で調理している。どうしたのかなと思っていると、こちらを見て悠真が微笑んだ。

「朝市でさつまいもが安かったからたくさん買って……やっぱり残ってしまった。日持ちするから取っておいてもいいんだけど、スイートポテトを作って、ジーナさんやハンナさんたちに持って帰ろうと思って」

「わ、いいわね」

スイートポテトはさつまいもの甘味が美味しいスイーツで、ジーナやハンナやラキたちが喜びそうだ。

（きっとゾフィーヌさんも……）

ゾフィーヌのうれしそうな顔を想像しながら、亜弥も手伝う。

残ったさつまいもの皮をむいて輪切りにし、水にさらして小鍋にかぶるくらいの水を入れてゆでる。さつまいもがやわらかくなったら湯を切って、木べらで水分を飛ばしながらつぶし、砂糖と牛乳、バターとオリーブオイルを加えて混ぜ、卵黄を加えてアクセントにシナモンと塩を入れた。

形を整えて表面にツヤを出すための卵黄を塗ってオーブンで焼くと、ほくほくとしたスイートポテトの完成だ。

「それじゃあ、後片付けをしよう。姉さん」

「うんっ」

二人で手早く洗い物を片付け、売上と食材の記録をつける。それが終わるとたくさんのスイートポテトを紙の箱に入れて店を施錠《せじょう》した。

亜弥と悠真は、東の都の大通りをゆっくり歩いてファイ邸へと戻った。

「ただいま帰りました――」

玄関アプローチを入ると、ハンナがあわてて駆け寄ってきた。

「お帰りなさいませ、アヤ嬢、ユーマさん。王都からお客様がお見えになっているんです」

「王都から？」

もしかして、ラフィス氏が話していた、レストランかのんの模倣店のことで何かあったのだろうかと心配になる。

「お店のことですか？」

思い切って悠真が尋ねると、ハンナが首を横に振った。

「いいえ、お店のことではないのです。実は、ミラー家のご令嬢、メリッサ様が突然お見えになって……」

「えっ……」

ゾフィーヌがレイオーンの婚約者にと推している女性が、王都から来ている。ドクンと亜弥の心臓が跳ね上がった。

ハンナが申し訳なさそうに小声で低くつぶやく。

「レイオーン様はもちろんですが、メリッサ様はアヤ嬢とも話がしたいとおっしゃって、リビングでお待ちになっています」

「姉さん――」

眉根を寄せた悠真の心配そうな表情を見て、亜弥はぐっと拳を握りしめた。

「大丈夫よ。お会いしてくる。悠真は二階の部屋でゆっくりしていて」

「僕も一緒に行くよ」

「……ありがとう、悠真」

悠真がいてくれると心強い。亜弥と悠真がリビングに入ると、豪奢なソファに真紅のドレスを着たゾフィーヌが深々と腰掛け、彼女の隣に、ベビーピンクのフリルがたくさんついたドレスを着た金髪の女性が座っていた。

顔立ちは整っているものの、亜弥の倍の体重がありそうなほど太っている。

「アヤさん、やっと帰って来ましたわね！　こちら、ミラー公爵家令嬢のメリッサ様です。メリッサ様、こちらが……アヤさんですわ」

ゾフィーヌがコホンと咳払いをして亜弥を紹介した。

メリッサは驚いたように口を小さく開けている
「まあ、本当に真っ黒な髪……ハーブで染めればいいのに」

「……初めまして、アヤ・カノンです」

亜弥が頭を下げると、メリッサがゆっくり立ち上がり、ころころと転がりそうな丸い体を左右に揺らしながら近づいてきた。

「あたしはメリッサ・ミラーです。あなた、レストランかのんの店長さんでしょう？　この邸に住んでいるって本当なの？　レイオーン様とどういう関係？」

扇子を握りしめ、矢継ぎ早に質問するメリッサの顔の脂肪が緊張してぷるぷると震えている。

亜弥は正直に話そうと心に決め、息を吸った。

「私は行く当てがなくて、この邸でお世話になっています。レイオーンさんとは、少し前からお付き合いを……」

「いやっ、聞きたくないわ！」

突然メリッサが大きな声を出したので、亜弥は目を丸くする。

「あの、メリッサ様……」

「あたしが初めてレイオーン様とお会いしたのは、王都で開かれたランティア伯爵家主催の舞踏会でした！」

そちらから尋ねておいて、人の話を聞こうとせず、メリッサは自分とレイオーンとの出会いを話し始めた。

「足をくじいてうずくまっていたあたしを、レイオーン様が優しく医務室まで連れていってくれたのです。治療中もあたしが不安にならないように、そばについて優しく介抱《かいほう》してくれました。それからあたしは、レイオーン様のことを忘れられなくて……ずっとレイオーン様のことを想ってきました」

メリッサの瞳が潤み、涙を堪える彼女の巨躯が小刻みに震え出す。

「あたしだったら、愛しいレイオーン様に資産でもなんでも望むものを差し上げられます。別荘だってなんだって、貴族税を倍支払って、ファイ家が今より格上の爵位を手に入れることも可能なんです！　あなたはどうなの？　少しお料理が上手ってだけでしょう！　そんなの選《よ》りすぐりのコックを雇えばいいだけのことです。それにあたしとレイオーン様の間に生まれる子供は金髪碧眼になるはず。黒髪かもしれないあなたが生んだ子供とは比べものにならないわ！　あなた、わかっているの？」

メリッサの言葉が亜弥の胸を鋭く抉り、思わず息が止まる。

黙って見守っていた悠真が、亜弥とメリッサの間に割って入った。

「また黒髪……なによ、無礼な人ね！　あたしはアヤさんと話しているのよ！」

「ユーマ・カノンといいます。姉を侮辱しないでください。レイオーンさんは姉を心から……」

「黙りなさい！　不釣り合いも甚《はなは》だしいと言っているのよ！」

メリッサが悠真を制するように、ヒステリックに叫んだ。

「黙りません。あなたはレイオーンさんの気持ちを無視している」

「なんですって⁉」

睨みつけるメリッサから、悠真は視線を外さない。

力任せに握りしめているメリッサの扇子が、今にも壊れてしまいそうなほどミシミシと悲鳴を上げている。それでも悠真は静かに睨み返し続けている。

亜弥は悠真が怒ったところをあまり見たことがなく、この前レイオーンとの関係に嫉妬した時くらいだったが、今はあの時の何倍も悠真が怒っていることが、静かに張りつめた空気から伝わってくる。

（悠真……）

亜弥は、自分よりもずっと大きくなった弟の後ろ姿を見つめ、胸がいっぱいになった。

メリッサと悠真の火花が散りそうな睨み合いを中断させたのは、凛とした声だった。

「――ただいま戻りました。何の騒ぎですか？」

リビングの中にいた全員が声のしたほうを振り返ると、いつの間にか開いていたリビングの入口に、白色の騎士団衣姿のレイオーンが立っていた。

「レイオーン様っ、お会いしたかったですわ」

「メリッサ様、俺の大切な婚約者と義弟《おとうと》に、何か用ですか」

頬を朱色に染めながらレイオーンの方へ歩み寄ろうとしたメリッサが、その言葉に足を止めた。

「今、この子のことを婚約者と？　レイオーン様は本気でこんな黒髪の娘と結婚するつもりなの？」

わなわなと巨躯を震わせるメリッサに、レイオーンが低い声音で告げる。

「もちろん本気です。言葉通り、亜弥は俺の大切な婚約者ですから」

「まだ認めていませんわよ！」

ゾフィーヌの声が飛んだが、レイオーンは全く動揺を見せず、真剣な声音で言う。

「正式な婚約はまだですが、俺は亜弥以外の女性と結婚するつもりは一切ありません」

「そんな！」

顔を歪め、メリッサがレイオーンにすがりつくようにして懇願《こんがん》しはじめた。

「考えなおして、レイオーン様！　ご存じのようにミラー公爵家はロゼリフ国の筆頭貴族です。ファイ家の地位を今以上に盤石《ばんじゃく》なものにするために、あたしとの婚約をぜひ真剣に考えてください！」

「メリッサ様、落ち着いて俺の話を最後まで聞いてください」

レイオーンの低い声と眉根を寄せた表情から怒っていることをようやく理解したメリッサが、こくりと喉を鳴らして青ざめる。

「俺は……亜弥と出会わなければ、今ほど誰かを大切だと感じることはなかった。幸せでいてほしいと思う気持ちを知らないまま職務に没頭し、年だけ取って死んでいたと思います。髪の色がどうとかそんなことは関係なく、内面が素晴らしい女性です。ただ、強く反対する母上を見て胸が痛んだことはありました。ここ数日は、もし亜弥が黒髪でなかったらとか、亜弥が貴族の令嬢だったらとか、そんなふうに考えたこともあります。でも、亜弥を好きにならなければよかったと思ったことは一度もありません」

メリッサが握りしめている扇子がギシギシと音を立て、シンと静まり返った室内にレイオーンの声が響く。

「俺は亜弥を好きになってよかったと思っている。亜弥は唯一無二の相手で、誰よりも幸せにしたいと願っている大切な人です。他の誰にも、俺の気持ちが動くことはありません」

誠実なレイオーンの本心に触れ、亜弥の胸がどうしようもなく震えてしまう。

舞い上がるような幸福を感じている亜弥の耳に、地を這うような声が聞こえてきた。

「あ、あたしが……失恋……？　そんな……レイオーン様……」

「申し訳ありません、メリッサ様」

胸に手を当て、頭を深く下げるレイオーンの丁寧な騎士団風のお辞儀《じぎ》に、メリッサの目に涙が浮かぶ。

（メリッサさんが泣いてしまう……）

亜弥はどうしようかと思い、バッグに入れたスイートポテトを思い出した。せめて甘いものを食べてもらいたい。

「あの、これを――」

スイートポテトの入った箱を亜弥が取り出すのを見た悠真は、ゆっくりと頷き、亜弥かからそれを受け取った。

「このお菓子をどうぞ」

悠真がスイートポテトが入った紙の箱の蓋を開け、メリッサの前に差し出した。

「え、これは何……見たことのないお菓子だわ」

「さつまいもの菓子で、スイートポテトといいます」

怪訝《けげん》な表情を浮かべながらも、ほくほくと甘い香りが漂っているスイートポテトをじっと見つめ、メリッサがこくりと喉を鳴らした。

恐る恐るという感じで手を伸ばし、悠真から受け取ると、顔を近づけて匂いを嗅いだ。

「甘い匂い……これはこのまま食べればいいの？」

「ええ、どうぞ」

穏やかな口調で答える悠真を見て、メリッサはじっとスイートポテトを見つめ、思い切ってかぶりついた。

「……美味しい……」

ごくりと飲み込むと、すぐにもうひとつ手に取り、真剣な顔で咀嚼する。

「しっとりした甘さ……ほくほくとした食感も素晴らしい。こんなお菓子が存在するなんて、ミラー家のあたしでさえ、知らなかったわ」

呟いて、箱からまたひとつ取り出し、口の中へ入れる。

「美味しい……うぅ……」

「メリッサ様!?　まさか毒が?」

ミラー公爵家の従者が叫んでメリッサに駆け寄ると、彼女は背を伸ばし、唇を噛みしめた。

「美味しいけれど、レイオーン様を奪った人が作ったと思ったら悔しくて。ううう……っ」

堪《こら》え切れず、顔を両手で覆ったメリッサが、扉へ向かって走り出した。

「ちょっと、そこを退きなさい!」

ルーナ茶とカップが載ったワゴンを押して入ってきた、ぽっちゃり体形の執事のラキを突き飛ばし、メリッサは廊下へ飛び出す。

「メリッサ様!　お待ちください」

メリッサが連れてきたミラー公爵家の従者が、ぞろぞろと後を追って出て行った。

「……亜弥、大丈夫か？　嫌な思いをさせた」

「いいえ、レイオーンさん。宝物のような言葉をありがとうございます」

うれしくて素直に礼を言う亜弥に、レイオーンは照れたように微笑し、悠真の方を見た。

「ユーマくん、亜弥を守ってくれて――」

「僕は何も。レイオーンさんが早く帰ってきてくれて本当によかったです」

笑顔になった悠真に、亜弥も改めて「ありがとう」と伝えた。

ハンナがルーナ茶をテーブルに並べながら、ぶつぶつとつぶやいている。

「それにしても、メリッサ様には本当に困りました。公爵家令嬢ともあろうかたが、人の話を聞かず、わがままを押し通すなんて。だいたい事前に何の連絡もなく突然家まで押しかけてきたんですよ。ゾフィーヌ様がレイオーン様には婚約者がいると説明しても、その相手に会いたいから待たせてもらいます、って聞かなくて――」

「えっ」

思わず亜弥とレイオーンの声が重なり、二人はゾフィーヌを見た。

「母上がメリッサ様を呼んだんじゃないんですか？」

ふん、とゾフィーヌは片眉を上げげた。

「違いますわ。いくらあたくしがメリッサ様とレイオーンをくっつけたいと思っていても、アヤさんを無視して勝手に二人を合わせたりしませんわ。こうなってしまうことは予想できましたもの。……まるであの時と同じですわ」

最後の言葉は、誰に言うでもなく、ゾフィーヌは遠くを見るような眼差しで宙を見つめてつぶやいた。

「母上？」

レイオーンが何か言いかけた直後、閉まっていた扉が開いて、ドスドスと足音を響かせながら、泣きはらした目をしたメリッサがお付きの者をぞろぞろ連れて、リビングに戻ってきた。

てっきりファイ家を出て、そのまま馬車で王都まで帰ったのだと思っていた一同は驚いて固まってしまう。

メリッサは真っ直ぐに悠真の前までくると、よく通る朗々《ろうろう》とした声を出した。

「レイオーン様にはっきり振られて、気持ちの整理がつきました。あたし、あなたと結婚します」

「……は？」

瞠目する悠真と反対に、メリッサの頬は赤く染まり、目が潤んでいる。

「あなた、ユーマといったわね？　背が高くて美形だし、あたしが睨んでも目を逸らさなかった。だからユーマと結婚してあげるわ。父に頼んで新しい貴族家を作ってもらうから、その黒髪はハーブで他の色に染めて。いいわね？」

「……なっ」

　切れ長の悠真の瞳が限界まで見開かれた。あまりにも驚きすぎて言葉が出てこないようだ。

「ユーマ、あたしと結婚しなさい。返事は？」

　命じるメリッサの声に、ようやく悠真が我に返った。

「申し訳ありません、僕は……」

　眉間に皺を刻みながら、悠真が懸命に断ろうとするが、話を聞こうとしないメリッサの弾《はず》んだつぶやきに遮《さえぎ》られてしまう。

「身分が違うと気に病《や》まなくていいのよ！　貴族税を払って父様が議会に掛け合ったら、爵位はもらえるはず！　ユーマ、貴族になれるのよ」

「僕は――」

「結婚式はいつがいいかしら。なるべく早くするように父に頼みますわ。楽しみですわね」

「話を聞いてください！」

　苛立った悠真が怒鳴った。弟が怒鳴るのを見るのは初めてで、亜弥も驚いてしまう。

　深呼吸をして悠真がメリッサにはっきり言う。

「僕はレストランを続けるのが夢です。貴族になりたいと思いませんので――この話はお断りします」

「……ユーマ、まさか断るの？　他に好きな人がいるの？」

メキメキと、メリッサの手中の扇子が、今にもバラバラになりそうな音を立てる。

「そういうことじゃなくて……いいえ、そうです！」

メリッサに諦めてもらうため、嘘をつこうと思いついた悠真は、腹の底から力を込めて声を出す。

「いいですか、よく聞いてください。僕には心に決めている人がいるんです。だからメリッサ様とは結婚できません」

「そ、そんな……、公爵家令嬢のあたしが、レイオーン様だけじゃなく、平民のユーマにまで振られるなんてぇ……」

バキッと音がして、メリッサの扇子が真っ二つに折れた。

「うわあぁぁん！」

「メリッサ様！」

飛び出して行ったメリッサを、ミラー公爵家の従者がバタバタと追いかけていく。

メリッサは今度はちゃんと馬車に乗ったようで、中庭に停まっていた三台の黒塗りの豪奢な馬車に次々と従者たちが乗り込み、立ち去って行った。その様子に、リビング内の空気がようやくほっとしたものへ変わり、亜弥の強張っていた体から力が抜け落ちた。

強烈な印象を持つメリッサからいきなり結婚を申し込まれ、疲労困憊した様子の悠真が額に手を当てた。

「すみません、僕は自室で休みます」

リビングを出て行く悠真を、亜弥が心配そうに見つめる。

ハンナがゾフィーヌを見つめ、諭すように言った。

「ゾフィーヌ様、レイオーン様にアヤ嬢以外の女性を無理に勧《すす》めても無駄だと、おわかりになりましたでしょう？」

ゾフィーヌはぷいっとあらぬ方を向くと、髪を掻きむしるようにして叫んだ。

「ふんだっ！　ルノーがなんと言うか、まだわかりませんわ！　それに、たとえルノーが結婚を許しても、あたしは反対です！　黒髪の平民の娘さんなんて、恥ずかしくてファイ家の嫁だなんて紹介できませんわ！」

「母上！」

ゾフィーヌはレイオーンに背を向け、ドスドスと小走りにリビングを出て行った。

亜弥とレイオーンは顔を見合わせ、互いに小さくため息をついたのだった。

3

ミラー公爵令嬢の衝撃的な来訪から、数日が過ぎた夜――。

亜弥が自室で王都のノルトンさん一家へ手紙を書こうと机に向かっていると、ドアがノックされた。

「どうぞ」

入ってきたのはレイオーンだ。まだ騎士団衣を着ているので、仕事が終わったばかりなのだろう。

「レイオーンさん！　お帰りなさい。夕食は……？」

「本部で軽く食べてきた。実は今日、エルフ村の温度調節機械のスイッチを止めた犯人が捕縛《ほばく》された」

「えっ⁉」

レイオーンの報告に、亜弥は目を丸くする。

「犯人が……わかったのですか？」

「ああ――」

「これでグレイさんが疑われなくて済みます。よかった……！　それで、一体どんな人だったんですか？」

「それが――」

長椅子に腰かけたレイオーンは、亜弥に隣に座ってくれと促した。

言われたとおり、亜弥が隣に腰かけると、彼はゆっくり口を開く。

「エルフ村と連絡を取りながら、騎士団と警吏で交互に見回りを行っていたが、俺は温度調節機械の場所がエルフ村の住民しか気づかないような場所にあることが引っかかっていた」

レイオーンは、エルフ村へ連絡を入れた時間より、わざとずらした時間帯に隠れて見張ることにした。すると、頭から頭巾《ずきん》をかぶった不審な人物が、人目を窺いながら温度調節機械に近づいてきた。その人物は身を潜めているレイオーンに気づかず、温度調節機械のスイッチを切ったという。

レイオーンが「何をしている！」と飛び出すと、その人物は顔を頭巾で隠したまますぐに逃げ出した。しかし、騎士団長として日ごろから鍛錬しているレイオーンの脚力にかなうはずもなく、あっという間に取り押さえられてしまった。

「……地面に押し倒し、頭巾を外して驚いた。犯人は――フレット・ミルだった」

レイオーンの言葉に、亜弥は目を見開いた。

「フレットさんが⁉」

エルフ村の住民であるフレットがなぜ、温度調節機械のスイッチを切ったりしたのだろう。

「北の都から来て間もないと聞いています。どうしてフレットさんが……？」

「すぐに警吏本部でフレットの取調べが始まった。俺も立ち会ったが、彼は最初は黙秘していた。話すまで取調室から出られないことを説明すると、ようやく口を開いた。彼はエルフ村の子供が、いたずらで自分の畑のスイッチを止めるところを偶然見てしまった。さらに数日後、グレイがエルフ村にいるところを目撃し、温度調節機械を利用してグレイを犯人に仕立て、復讐しようと思いついたらしい」

「フレットさんは、グレイさんに何か恨みでもあったのでしょうか？」

確か、朝市で会った時がフレットとグレイの初対面だったと思うが、復讐とはなんのことだろう。

亜弥の問いにレイオーンがゆっくりと頷いた。

「言い渋っていたが、そのことも自供《じきょう》した。フレットと妹のドーラは、父親と三人で北の都で農業をしながら暮らしていた。母親はドーラが小さいうちに、家族を捨ててダークエルフ族の男と駆け落ちし、それまで温厚だった父親が酒におぼれて手を上げるようになった。フレットは小さかったドーラを守りながら、父の畑仕事を手伝ってきたそうだ。その父親は数か月前に酒の飲みすぎで亡くなった。多額の酒代の借金があり、畑と家を売って清算し、東の都へ来たそうだ」

レイオーンは口元を引き締めて話してくれた。

「そんな……」

亜弥は言葉に詰まった。

「……グレイがダークエルフ族の若きリーダーだと知って、ダークエルフ族への恨みがよみがえったのだとフレットは言っていた。母親を奪った容姿端麗なダークエルフの男とグレイを重ねていたんだろう」

（そういえば朝市の時、フレットさんは隠れてグレイさんを睨んでいた……）

血走ったフレットの双眸が思い出される。なぜあんなにダークエルフを憎むのだろうかと不可解だった亜弥だが、母親に捨てられ、父と妹のために苦労してきたフレットの過去を思うと何も言えなくなって、室内にしんと重苦しい沈黙が広がった。

レイオーンがふっと口調を明るく変えた。

「亜弥、エルフ族には珍しく、フレットの母親は肉料理をよく作っていたそうだ。もし彼が店に来たら、作ってやってくれ」

「わかりました。でもフレットさんは、これからどうなるんでしょうか。地下牢に入れられたりするんでしょうか」

暗い地下牢でうつむいているフレットの姿を想像し、亜弥の胸が痛む。

騎士団長で警吏と仕事と共にすることが多いレイオーンが、亜弥を安心させるように小さく微笑する。

「そんなに重い刑にはならないと思う。幸《さいわ》い、エルフ村の被害はそれほど大きくはないし、いたずらした子供も見つかっている。おそらく罰金刑が科せられるだけで、保釈《ほしやく》されるだろう。あとは実被害に遭った家に賠償金の支払いを請求されるかもしれない」

「罰金と賠償金……」

お皿を割ったお詫びにと、なけなしの小金を持ってきたフレットとドーラの顔が浮かび、亜弥はきゅっと唇を噛みしめた。

＊　＊　＊

次の日、レストランかのんの開店準備を悠真に任せ、亜弥はエルフ村までひとり、辻馬車で出かけた。

辻馬車を降りて賑やかな朝市の裏手を過ぎると、亜弥はエルフ村に入った。

きょろきょろと周囲を見回しながら歩いていくと、じきに遊びに行ったことがあるナーダの家が見えてきた。

白い壁に緑色の屋根のきれいな家だ。家族で朝市に出ているのだろう、ナーダの家は静かだった。

　亜弥は隣の家の扉にかけられた表札を確認すると、息をついた。

「フレットさんの家は、ここだわ」

　家も土地もエルフ村の協会から借りていると聞いているが、ベージュ色の壁に赤色の屋根の小さくて可愛いい家だ。

　呼び鈴を押すと、少し間を置いて、恐る恐るという感じで細く扉が開いた。

「はい……」

　ドーラが顔を出し、亜弥を見てびくっと肩を波打たせる。

「レストランかのんの……アヤさん？」

「おはようございます、ドーラさん。あの……」

「アヤさん、心配して来てくださったんですか？　大丈夫です。兄はまだ警吏本部にいますが、軽い処分で済みそうなんです。エルフ村の人々も気にせずここで頑張ってほしいと言ってくださって……。エルフ村の人々から出て行けと言われたら途方にくれていました。本当にありがたいです」

　憔悴しきった顔を上げて小さく笑ったドーラに、亜弥の胸が痛む。

「ドーラさん、これですが、不要になりましたので」

　フレットが暴れて割った食器の代金が入った巾着《きんちゃく》をドーラへ手渡す。

「それは兄がお店に迷惑をかけた時の……？　そんな、アヤさん」

「食器が、ただでたくさん手に入ったんです。だからこれはいいです」

もちろんそんなことはないのだが、嘘も方便だと亜弥は心の中でつぶやく。

悠真と相談して、金額は少ないが、弁償してもらったお金を返すことにしたのだ。

確かにフレットは悪いことをした。だけどきちんと全てを話した。きっと心から反省しているだろう。だから今は少しでもフレットとドーラのために何かしたかった。

(グレイさんなら、きっと「それでいい」って言って笑ってくれるはず)

飄々として本気なのか冗談なのかわからない不思議なところがあるグレイだが、根はとても優しいことを亜弥は誰より知っている。

眉を下げたドーラに不快な思いをさせないように、お金をドーラに手渡すと、亜弥は一礼して村の出口まで走った。

そのまま辻馬車に乗り、大通りのレストランかのんまで戻る。

「お帰り、姉さん」

受け取ってくれたよ、と亜弥がつぶやき、二人はいつものように笑顔でハイタッチして、開店準備を始めたのだった。

4

それから三日が経った夜、仕事から戻ったレイオーンが「フレットが罰金を支払い、釈放された」と教えてくれた。

翌朝、亜弥と悠真はレストランかのんで開店準備をしながら、フレットの釈放を喜んだ。

「フレットさん、一週間ぶりに、エルフ村の家に帰ったそうよ」

「本当によかった。妹のドーラさんもほっとしただろうね」

亜弥と悠真は互いに笑みを交わす。ふいに亜弥はぽんと手を打った。

「姉さん、何か思いついたの？」

「うん！　フレットさん、お肉料理が好きなんだって。今日お店が終わったら、エルフ村へ寄ってフレットさんにお祝の肉料理を届けてきてもいい？」

悠真が微笑んで頷く。

「もちろん。僕も一緒にエルフ村へ行くよ」

亜弥と悠真は楽しみにしながら開店準備にかかる。

今日のランチ用のサラダはコールスローで、すぐに出せるようにたくさん作って、調味料と和《あ》えるだけにしておく。

スープは人参のポタージュで、大鍋いっぱいに準備した。

メインの料理は、ランチはAセットがビーフカツレツ、Bセットがサーモンソテーのバジルレモンソースだ。

今朝の朝市で、ヒスピル海の新鮮な魚介類が販売されていたので、鮭をたくさん買ってきた。肛門から包丁を入れて腹部を開き、白子《しらこ》と内臓、腎臓《じんぞう》を取り出して洗浄し、中骨に沿わせて上身をそぐと、身を下にして切り身にした。

鮭は水気を切って下味をつけた状態で、ビーフカツレツ用のお肉も両面に下味をつけた状態にし、妖力により動作する冷蔵庫の中へ並べて保存している。

「あとはルーナ茶の用意と……」

まだ開店時間の一時間前なのに、急にカランコロンとベルの音が響いて、亜弥は驚いた。

気の早いお客さんが、もう来店してきたようだ。

「いらっしゃいませ。開店は十時からですので、もう少しお持ちを……あっ、ゾフィーヌさん！　ハンナさんも！」

ずかずかと店内に入ってきたのは、臙脂《えんじ》色のドレスを来たゾフィーヌだ。その背後から、質素なワンピース姿のハンナがすまなそうに頭を下げる。

「開店準備で忙しいところなのに、すみません、アヤ嬢、ユーマさん。ゾフィーヌ様がどうしてもお腹が空いたというのです」

「朝食を食べて少しすると、ものすごく小腹《こばら》が空くのよ！　ちょっと早かったみたいね。何か食べさせてちょうだい。お菓子でもいいし、ランチでもいいから」

朝食のオムライスをおかわりして二人分食べたはずのゾフィーヌのお腹が、ぎゅるる、と大きな音を立てた。

顔を赤らめたゾフィーヌがドスドスと店内を歩き、テーブル席にどすんっと座った。ハンナが彼女の向かい側に腰かける。

「どんなメニューか、教えて頂戴！」

ゾフィーヌの高飛車な言い方に苦笑しながら、亜弥はメニューを説明する。

「今日のスイーツはモンブランです。ランチはAセットがビーフカツレツ、Bセットがサーモン《タフシン》ソテーのバジルレモンソースで、ランチにはスープとサラダがつきます。今日のスープは人参《サユイ》のポタージュ、サラダはコールスローです」

「それを全部食べたいわ！」

本気で全部食べるつもりでいるゾフィーヌに、ハンナがあわてた。

「全部ってゾフィーヌ様、食べ過ぎです。まだ九時ですよ。朝食のオムライスを二人分食べてらっしゃるのに……」

「お腹が空いているの！　その上ハンナが歩いて行くというから、ここまで歩いてきたのよ！　あたくし倒れてしまうわ！」

髪を掻きむしるようにして叫ぶゾフィーヌにハンナが唖然と口を開けている。

「わかりました、それではランチBセットを作ります。お菓子は夕方、持って帰りますから、今はBセットだけで我慢してくだい」

亜弥が毅然とした態度で言うと、ゾフィーヌはこくりと頷いた。

今日のサラダのコールスローは、キャベツと人参を千切りにしたあと水にさらしてしんなりさせ、ボウルに豆乳と卵黄、オリーブオイルと酢、塩コショウ、レモン汁を混ぜて和え、塩コショウで味を整えた。

人参のポタージュは、鍋に小さく切った人参とじゃが芋と玉葱を入れて煮込み、やわらかくなるとラフィス氏に特別に作ってもらった妖力で動く撹拌機《かくはんき》に入れた。ブレンダーやミキサーほど性能はよくないが、それでもじきになめらかな状態になり、それを鍋に戻して牛乳を加えて温めると、甘くてとろりとしたポタージュが完成だ。

スープを器に注ぎ、パセリを散らして、コールスローのサラダと一緒にゾフィーヌとハンナの前に置く。

「ゾフィーヌさん、食べる順番に気をつけてくださいね」

「何度も言わなくても、わかってますわよ」

ゾフィーヌはふんっと鼻を鳴らした。

肥満《ひまん》の人には、食べる順番も大切で、最初にサラダなど野菜や海藻《かいそう》を食べ、次にたんぱく源となる魚や大豆を、最後に穀物を食べるという風に、ただ順番を変えるだけで糖質のとり過ぎを防ぎ、脂肪の吸収を抑えることができる。

「きれいな色のスープですわね。こっちのサラダも緑色と赤色と黄色で珍しいですわ」

言いながらも、空腹のゾフィーヌはもうスプーンを手に持って顔を近づけている。

「栄養がたくさんある人参の素材の味を活かしたスープです。どうぞ」

「人参……？　あたくし人参は好きではありませんの」

ゾフィーヌが顔を歪《ゆが》めたが、亜弥は気にせずに「どうぞ」と微笑んだ。

「あたしまで、開店前に本当にすみません、アヤ嬢」

ハンナは申し訳なさそうにコールスローのサラダをフォークで食べ始めた。

「まあ！」

ゾフィーヌとハンナの声が重なった。

「なんてまろやかな味……人参のスープだなんて、とても思えませんわ」

ゾフィーヌがほぅっと息をつくと、ハンナも興奮したように言う。

「このサラダもシャキシャキした食感と、甘酸っぱいマイルドな味が口の中で合わさって……とろけるようです」

それからゾフィーヌとハンナは無言で手を動かし、スープとサラダを咀嚼する。

「ふう、美味しかったですわ」

「もうスープもサラダもお食べになったんですか!?　ゾフィーヌ様、早すぎです。さっき食べ始めたばかりなのに」

ハンナはまだ半分も食べていない。驚いているハンナを横目で見て、ゾフィーヌは自慢げな表情でハンカチを取り出し、口元を拭いた。

「人参って甘いのね。旨みがたっぷり凝縮されたスープだわ。それにこのサラダ、あっさりした味で食べやすくていくらでも入りそうよ。あたくし野菜はあまり食べないのに。本当に、アヤさんとユーマさんは不思議な料理を作るわね」

感心してつぶやいたあと、ゾフィーヌが当然のように「おかわりをちょうだい！」と叫ぶ。

美味しいと言ってくれるゾフィーヌの希望に応えてあげたい気持ちもあるが、彼女は太りすぎている。膝などに支障が出てきてはいけないので、亜弥はきっぱりと言う。

「ゾフィーヌさん、食べ過ぎは健康によくありません。すぐにサーモンソテーができますので、もう少しお待ちください」

「次はメインの魚料理ね。わかったわ！」

子供のように目を輝かせ、ゾフィーヌが大人しく待っている。

今朝、朝市で仕入れたばかりの新鮮な鮭を切り身にし、手早く水気を取った鮭に塩コショウで味をつけて小麦粉をまぶす。フライパンにオリーブオイルをたらし、皮のほうから鮭を並べて入れ、両面に焼き色をつけた。

　その間に悠真がバジルとオリーブオイル、レモンと松の実と塩を撹拌機に入れ、バジルレモンソースを作った。お皿にサーモンソテーを載せ、バジルレモンソースをたっぷりかけると完成だ。

「まあ、まあ！」

　バジルの香りが良く、食欲をそそるお皿を持っていくと、ゾフィーヌがうれしそうな声を上げながら、サーモンをナイフで切り分け、口に運ぶ。

「……っ」

　ぎゅっと目尻に皺を寄せ、ゾフィーヌが大きく息をついた。

「なんて美味しいのかしら。皮がパリパリして、身が引き締まったサーモン《タフシン》と、このレモンとバジルの爽やかなソースがぴったり！　ハンナがいらないのなら、あたくしが食べてあげますわ！」

　ハンナは苦笑しながら、「何を言ってるんですか。あたしも食べます」と答えている。

　自然体で接するゾフィーヌとハンナは、友人のように見える。

（そういえばゾフィーヌさんは名家で育ったから、使用人たちと一緒に食事はしないって理由で、三階で食べているけど、ハンナさんは特別みたい……）

「さあ、そろそろ邸《やしき》へ戻りましょう、ゾフィーヌ様。アヤ嬢とユーマさんはお店の開店準備でお忙しいのですから。アヤ嬢、ユーマさん、美味しかったです。開店前にすみませんでした」

ハンナが頭を下げる横で、ゾフィーヌは不機嫌そうな顔で、なにかぼそぼそと口の中でつぶやいた。

「え、なんですか？」

聞き取れなかった亜弥が尋ねると、ゾフィーヌはあわてて「なんでもありませんわ」と怒ったように言い、ドアの方へ歩いて行く。

「ゾフィーヌ様はアヤ嬢とユーマさんにお礼を……」

「ハンナ！　余計なことを言わないで頂戴！　さあ、帰りますわよ！」

ガランゴロンと鈴の音が大きく響き、ゾフィーヌがバーンと勢いよくドアを開けると、外に若い男が立っていて、「うわ」と驚きの声を上げた。

ドアのところに立っていたのは、フレットだ。

警吏本部から釈放されたのは昨日だとレイオーンから聞いているが、顔色があまりよくない。彼は突然開いたドアに驚いたようで、胸に手を当てている。

「──あ、どうも」

ぎくしゃくとした動きでフレットが頭を下げた。

「まだ開店前ですわよ！」

意地悪く怒鳴ったゾフィーヌが、フレットの顔をまじまじと見て、動きを止めた。

「あなた、どこかで見たことがありますわ」

視線を宙に向けたゾフィーヌの眼差しが見開かれ、顔が青ざめる。

「思い出しましたわ！　あなた、この前お店で暴れた人ですわね！」

叫んでフレットを睨みつけるゾフィーヌの迫力に、フレットは動揺しながら小さく頷いた。

「はあ、えっと、僕は……アヤさんに……」

「よく顔を出せましたわね！」

いきなりゾフィーヌが叫び、小走りでフレットに体当たりした。巨躯を活かした強力な攻撃に、フレットの体が吹っ飛び、レストランかのんの入口にぶつかる。

「痛っ……おばさん、何をするんだ」

手をついて立ち上がったフレットの前に、ゾフィーヌが仁王立ちして叫ぶ。

「あなた、いい加減になさい！　あんなに迷惑をかけておいて、今さら何をしに来たの！　あなたが暴れたあと大変だったのよ！　アヤさんは割れた食器で、指を切ったんだから！　血が出たのよ！　どれほど痛かったと思うの！」

「ゾフィーヌさん……？」

亜弥は瞠目して、息を切らしながら興奮して怒鳴るゾフィーヌを見つめた。

「暴れたいなら、自分の家で食器でも投げたらどうなの！　ここはアヤさんとユーマさんの大切なお店なのよ！　少しは迷惑ってものを考えなさい！　これ以上なにかしたら、このあたくしが許しませんわ！」

ゾフィーヌの剣幕に、フレットは何も言えず、唇をかみしめて項垂れている。

「黙ってないで、なんとか言いなさい！　謝罪の言葉は⁉」

「……すみ……せん」

うつむいたまま、フレットが小声で謝った。

黙って状況を見守っていた悠真がゆっくりとゾフィーヌに近づき、声をかける。

「ゾフィーヌさん、彼は大丈夫です」

「そうですよ、ゾフィーヌ様。さあ、邸へ戻りましょう」

ハンナに促され、ゾフィーヌは眉間に皺を寄せたままフレットを一瞥する。

彼に暴れる気がないことを確認すると、ゾフィーヌはようやく溜飲を下げた。

「それじゃあ、あたくし帰ります。いいわね、二度とここで暴れないで頂戴！」

バーンと勢いよくドアを閉めて、ゾフィーヌがレストランかのんを後にする。

ハンナが「本当にすみません。それではアヤ嬢、ユーマさん、今日も頑張ってくださいね」と手を振り、ゾフィーヌを追いかけるように出ていくと、店の中が急に静かになった。

気まずい雰囲気の中、フレットはため息を漏らして、がしがしと頭を掻いた。

「――その、これを、ドーラから預かったんで」

　ポケットから取り出したのは、彼が割った食器の代金が入った巾着袋だった。

「ちゃんと渡して、謝ってきてって、ドーラが……」

　気まずさと格闘しながら、ぼそぼそとつぶやき、お金が入った袋をテーブルに置いて、頭を下げる。

「この前は……暴れて迷惑をかけました。本当にすみませんでした。あの時のダークエルフ族の娘さんにも、ひどいことを言ってしまって……」

　フレットは帽子店の新人の職人、ベニーのこともちゃんと気にしていた。

　テーブルに額がつくほど深く頭を下げるフレットの両拳が、小さく震えている。

「フレットさん……」

「僕が警吏本部に連行されたと聞いて、心配してくれたようですが、お金なら大丈夫だったんです。保釈の賠償金をエルフ村協会が貸してくれて……借りた金は、月賦《げっぷ》払《ばら》いで少しずつ返せばいいからって……」

「エルフ村協会がそう言ってくれたの？」

　亜弥は驚いた。

　今回、フレットはエルフ村の温度管理スイッチを切るという事件を起こし、エルフ村協会自体、迷惑を被ったはずだ。優しいエルフ村の人々は、自分たちが被害に遭いながらも、同族のフレットを支える道を話し合って選んだのだろう。

「——よかったですね、フレットさん」

明るい亜弥の声に、フレットが一瞬、泣きそうな顔になった。

「本当によかったです」

悠真も笑顔で頷いている。

「僕は——僕は……あんなことをするつもりじゃ……」

かすれた声が落ち、沈黙が広がった。静かな空気の中、フレットのお腹がぐぅっと鳴った。彼は耳まで朱色に染めて、顔を伏せる。

「昨夜、家へ戻ったら、ドーラが泣いて……何も食べられなくて」

保釈された安堵と自分の行動を反省する気持ち、それに妹の涙を見て、何も食べる気が起こらなかったのだろう。亜弥は大きな声で言う。

「食べていってください。ランチAセットはビーフカツレツ……お肉の料理です」

虚《きょ》を突かれた表情のフレットが、唖然とつぶやいた。

「肉料理……」

「そうです。どうぞ、座ってください」

悠真がルーナ茶を淹れて声をかけると、フレットはこくりと喉を鳴らしてカウンター席に腰を下ろした。

亜弥は塩コショウで下味をつけておいた肉を取り出すと、延《の》し棒《ぼう》で叩いて厚さを均等に延ばし、小麦粉、溶き卵、パン粉の順に衣をつけた。

フライパンにオリーブオイルを熱し、肉の脂と旨味《うまみ》を閉じ込めるように揚げ焼きにする。ジュワッと音が響くと、じっと見ているフレットがごくりと喉を鳴らした。

油を切って取り出し、続いて添える野菜を入れて、これも火が通ったら取り出す。

サクッ、サクッと音をさせながらビーフカツレツを切り分け、揚げたじゃが芋といんげん、たっぷりの千切りキャベツと一緒に盛りつけ、手作りのデミグラスソースをかけて、フレットの前に置いた。

熱々で湯気《ゆげ》が出ている料理を見つめ、彼は目を見開いた。

「すごい……いい匂いがしてる」

料理を前に固まっているフレットへ、「冷めないうちにどうぞ」と声をかけると、彼はハッと我に返り、ナイフとフォークを持ってビーフカツレツを凝視した。

「肉を食べるのは……久しぶりだ。僕たちエルフ族は農耕民族ということもあり、野菜や穀物が中心の食生活だから……」

つぶやいて、フレットが切り分けたひとつにソースをつけて、フォークで口に運ぶ。

「ん――」

咀嚼しながら、思わずフレットの口から呻き声が漏れた。

デミグラスソースの味が肉の味をさらに引き立て、やわらかく口の中でほどけていく。

そのままもう一切れ、フォークで刺し、かぶりつくようにして食べる。

カリッと表面を焼いた衣と、下味をつけた肉の旨味が混ざり合い、フレットは大きく息をついた。

「美味しいとは噂で聞いていたけど、本当にすごい。昔、母さんが作った……砂糖がけの肉料理とは比べものにならないや」

思わずこぼれた自身の「母さん」の言葉に、フレットは改めて唇を噛みしめ、もう一切れ、ビーフカツレツを咀嚼して飲み込むと、掠れた声でつぶやいた。

「僕の母さんは農耕民族のエルフ族なのに、肉料理が好きで、よく焼いて砂糖をまぶした料理を作っていたんだ」

「そうですか」

甘味好きなこの国では、何でも砂糖をかけたり混ぜたりしていたと聞いているので、亜弥は微笑んで頷いた。

フレットは湯気が出ているお皿をぼんやりと見つめ、彼らしくない悄然とした表情で何度目かわからないため息をつく。

「……母さんがいた時が一番幸せだった。父さんも優しくて。それなのに——ダークエルフの男と駆け落ちなんか……」

フレットの声は震えていた。母親が自分と妹を置いていなくなった時、彼はどれほど傷ついたのだろう。そう思うと、亜弥と悠真はかける言葉が見つからなかった。

「父さんは、母さんが出て行ってから、酒を大量に飲むようになった。母さんのことを忘れようとして……ドーラはまだ小さいし、僕がひとりで畑を耕して……ようやく収穫して売れても、父さんの酒代に消えてしまって……ドーラはお腹が空いたって泣くし……全部、あのダークエルフの男のせいだって……そいつはエルフ族とダークエルフ族がいがみ合うのはおかしい、仲良くすべきだって考えを持っていた。それなのに、僕の家庭を平気で壊した……！　悔しくて……っ」

フレットは料理を見つめて、小さく身を震わせながら話を続ける。

「褐色の肌、整った顔立ち、長い紫色の髪……あの日、朝市でグレイさんを初めて見た時、あの男を思い出した……。エルフ族からもダークエルフ族からも信頼されているところもよく似ていた。むしゃくしゃして酒を買いに出かけた時、ちょうど子供がいたずらして、温度調節機械のスイッチを止めるところを見たんだ。その時、グレイさんに罪を着せようと思いついた。僕を不幸にしたあの男への復讐になると思って……」

テーブルの上にぽたぽたとフレットの涙がこぼれ落ち、彼は右手で恥じるように顔を覆った。

「いくらダークエルフ族の男が憎いと言っても、グレイさんは何もしていないのに。とんでもないことを……エルフ村にも、迷惑をかけてしまって……本当に、悪かったと……。ダークエルフを恨むことで、僕は生きてきた。だからつい……それなのに、あの人は……」

テーブルの上の手をぐっと握りしめて、フレットは堪らずしゃくり上げた。

「保釈されて、警吏に住所を聞いて、一番にグレイさんの家へ謝罪に行った。そうしたら……グレイさんは理由も聞かず、『水に流す。だからお前ももう忘れろ』って、笑って許してくれて……あんなひどいことをしたのに……」

カウンターに両肘をついて顔を覆い、フレットは「うぅ……」と唸り声を上げ、肩を大きく揺らして嗚咽《おえつ》を漏らした。

妹を守り、父に代わって懸命に頑張ってきた彼の中に残る、ダークエルフの男と母親への深い恨みと悲嘆でいっぱいだった気持ちを思うと亜弥の胸も痛い。美味しい料理を食べて、少しでもその怒りと哀しみが小さくなってくれたらと願う。

ひとしきり泣いた後、徐々に気持ちが落ち着いてきたようで、フレットが手の甲で顔を拭った。

亜弥はコールスローと人参のポタージュスープを彼の前に置いた。

「ナーダのおうちで作った人参のポタージュスープです。それからあっさりしたサラダもどうぞ」

匂いにつられるように、フレットは濡れた頬を上げた。

小さく頷き、ばつの悪さをごまかすように鼻をすすると、彼はスプーンで人参のポタージュをすくい、ふうふうと息を吹きかけ、口に運ぶ。

「甘くて美味しい……」

大きく息をつくと、フレットはがっとお皿を持ち、見ているほうが気持ちよくなるほどの勢いで残りのビーフカツレツと人参のポタージュ、コールスローを食べ進めた。

全部きれいにお皿が空になると、彼は手を合わせる。

「ごちそうさまでした……この前は、本当にすみませんでした」

表情を引き締めてもう一度謝罪すると、フレットはゆっくり立ち上がった。

「……また、来てもいいですか？」

かすれた声で問うフレットに亜弥と悠真は笑顔で深く頷いた。

「お待ちしています！」

明るい亜弥と悠真の声に、ようやく笑顔になったフレットがカランコロンと優しい音を響かせ、店を出て行く。

彼の背中を見送った姉弟は、元気よく開店準備にとりかかった。

「姉さん、そろそろ開店時間だよ」

「うん、今日もたくさんのお客さんに、美味しい料理を食べてもらおうね」

亜弥はポニーテールを揺らして、プレートをかけに外へ出ると、眩《まばゆ》い光に目を細めた。

第四話　二号店準備とチキンクリームシチュー

1

三日ほど過ぎた、風が強い日――。

「ありがとうございました！」

元気のよい亜弥と悠真の声がレストランかのんの店内に響き、閉店時間になった。

「美味しかったです。また来ますね」

お客さんからそう言ってもらえるのが何よりうれしく、亜弥と悠真は思わず笑顔になる。

そろそろプレートをしまおうと思っていると、カランと小さな音と共にドアが開いた。

そちらを見ると、山吹色《やまぶきいろ》のドレスを着た赤毛のお下げ髪の少女がすまなそうに立っている。

彼女は、王都でパン屋をしているノルトン家の長女、フリーゼだ。十四歳にしては小柄だが、少し見ないうちに、大人っぽくなっている。

「お、遅くなってすみません。あの……」

おずおずと頭を下げるフリーゼに、亜弥はすぐに笑顔を向ける。

「フリーゼちゃん、いらっしゃい！　食べに来てくれたの？　カウンター席へどうぞ」

「やあフリーゼ、ひとり？　ネリーは？」

ネリーはフリーゼの年の離れた妹で、二人はいつも一緒の仲良し姉妹だ。

悠真がそばに行くと、フリーゼの頬がじわじわと朱色を帯びる。

「父さんと母さんはパン屋があるし、ネリーは少し風邪気味なので、あたしひとり、お小遣いを貯めたお金で、辻馬車で来ました」

いくら辻馬車が格安とはいえ、王都から東の都まで往復するとなると、かなりの金額になるだろう。

「わざわざ王都から食べに来てくれたんだ。ありがとう。フリーゼ」

悠真が微笑みながら、優しくフリーゼの頭に手を置く。

弾かれたようにフリーゼが顔を上げ、あっという間に耳まで真っ赤になってしまった。

（フリーゼちゃん……）

彼女は悠真のことを特別に好きなのだと亜弥は気づいているが、残念なことに悠真本人は、フリーゼを妹のように可愛がっているが、恋愛対象として見ていない。

食事を出すと、フリーゼは背筋を伸ばして手を合わせ、「いただきます」と言って食べ始めた。

「美味しいです」

お腹が空いているのだろう。フリーゼは夢中で食べている。

「フリーゼちゃん、今夜はファイ邸に泊まるように、お願いしようか?」

亜弥が問うと、彼女は驚いて首を左右にふるふると振った。

「いいえ、食べたら、王都へ帰ります」

これから気温が下がる中、また半日も馬車で揺られるフリーゼに、何かお土産《みやげ》を渡そうと亜弥は思ったが、今日はスイーツはすべて売れてしまっている。残った食材を確認すると、生姜《しょうが》があった。

「そうだわ、ジンジャークッキーを作ろう、悠真。短時間で作れるし、生姜は体をあたためる作用があるから」

「そうだね、フリーゼが王都まで戻る間に、辻馬車の中でも食べられるし、いいね」

悠真が笑顔で賛成し、フリーゼが食べている間に、手早くジンジャークッキーを作る。

ボウルに小麦粉と砂糖とオリーブオイル、すりおろした生姜と蜂蜜、棒状シナモンを粉砕《ふんさい》してパウダー状態にしたものを入れてよく混ぜ合わせ、まな板の上に打ち粉をしてのばした。型で抜いて、妖石エネルギーで動作するオーブンで焼けば、すりおろした生姜の香りと蜂蜜、そしてシナモンの香りで美味しい、ジンジャークッキーの完成だ。

ランチを食べ終わったフリーゼに、悠真ができたてのジンジャークッキーを入れた小箱をふたつ、差し出した。

「こっちはフリーゼの分だよ。帰りの馬車の中で食べるといい。もうひとつはネリーへのお土産だ。生姜は体温を上げるだけじゃなく、お腹の調子を整えたり消化器系の不調を治したりするんだよ」

「ありがとうございます、ユーマさん」

潤んだ瞳で悠真を見つめるフリーゼがいじらしくて、亜弥は小さくため息をついた。

七歳年下ということもあり、悠真は、フリーゼがなけなしのお小遣いで、王都から食べに来る本当の理由に全然気づいていない。

（悠真、気づいてあげて。フリーゼちゃんは料理が食べたくて来てるんじゃないの。悠真に会いたい一心から……）

真っ赤な頬で嬉しそうに悠真と話しているフリーゼへ、頑張れと心の中でエールを送りながら片付けていると、ドアが開いて、ゾフィーヌがひとりでずかずかと入ってきた。

「ゾフィーヌさん……！　いらっしゃいませ」

「お腹が空いたわ！　今日は帰りが遅いと思ったら、まだお客さんがいるのね」

ギロリと睨まれ、フリーゼが身を竦ませた。

「ご、ごちそうさまでした。遅くまですみませんでした。あたし、王都へ帰ります」

慌ててぺこりとフリーゼが頭を下げる。

「悠真、フリーゼちゃんを辻馬車乗り場まで送ってあげて」

「わかった」

辻馬車乗り場は大通りの外れにある。ゾフィーヌがふんと鼻を鳴らした。

「ちょっと待ちなさい。あたくしが乗ってきた辻馬車を外で待たせてあるから、それを使いなさい」

ハンナが一緒の時は歩いて来ていたが、ゾフィーヌひとりだとファイ家から大通りのレストランかのんまでの短い距離でも、辻馬車を使っているようだ。

「ゾフィーヌさん、こんなに近いのに……」

亜弥の言葉に、ゾフィーヌは顔をしかめ手を振る。

「そのことはいいから！　その赤毛の娘さんがわざわざ乗り場まで行かなくてすむでしょう。ほら、遠慮せずに乗りなさい」

「あ、ありがとうございます」

フリーゼはランチの代金を払うと、悠真のほうを何度もちらちらと見つめて、「また来ます」と言いながら、帰って行った。

「フリーゼがわざわざ王都からランチを食べに来てくれるなんて、うれしいね、姉さん」

「うん……」

亜弥が曖昧《あいまい》に頷くと、ゾフィーヌが大仰《おおぎょう》なため息をつき、悠真を睨みつけた。

「何を言ってるの！　ユーマさんは鈍感ですわね！」

「僕が？　なぜです？」

意味がわからず小首を傾げている悠真を、ゾフィーヌが怒鳴りつける。

「どうして男って、こう鈍いのかしら。あの赤毛の娘さんは、ユーマさんに会いに、王都から来たんでしょう！　ずっとユーマさんのことを見ていましたわよ。あの子、ユーマさんのことが好きだと全身が告げているのに、なんで気づかないのかしらね！」

（あっ、ゾフィーヌさんが言っちゃった……）

驚いた亜弥が口を手で押さえ、そっと悠真を見ると、彼は瞠目してしばらく黙っていた。

「……ゾフィーヌさん、僕はノルトンさんの家でお世話になっていたので、フリーゼとは兄妹のように接しています」

静かな悠真のつぶやきに、ゾフィーヌが髪を掻きむしるようにした。

「だから違うって言ってるでしょう！　あの子のユーマさんを見る目、どう見ても恋する乙女の眼差しだったじゃないの！　誰だって気づくわ！　何が兄妹よ！　情けないわね」

ムキーッと怒鳴るゾフィーヌに悠真は眉を下げ、困っている。

「しかし、フリーゼはまだ十四歳です」

「あと四年もすれば結婚適齢期ですわ！　もういいから、あたくしに何か食べさせてちょうだい！」

亜弥が苦笑しながら、ジンジャークッキーの生地の残りを型で抜き、オーブンで焼く。

たちまち香ばしく甘い香りが漂い、じきに焼き上がった。

「いい匂いね！」

小さな子供のように、ゾフィーヌがそわそわし始めた。

「ランチもスイーツも、もう全部出てしまったので、クッキーをどうぞ」

トレイに紅茶と一緒に出すと、ゾフィーヌが唇を突き出した。

「これだけ？　少なすぎですわ！」

「もう少ししたら、夕食の時間になります。ゾフィーヌさん、食べ過ぎは健康のためにも
……」

「わかったわ！　少なくても我慢するから！」

痩せろと言われるのが嫌なゾフィーヌは、亜弥の言葉を遮って、ジンジャークッキーを
つまみ、口に入れた。

「んっ……サクサクして美味しいわ！」

思わず感嘆の声を漏らし、ゾフィーヌは、ほぅと大きくため息をつく。

生姜とシナモンを加えたことで、香ばしく風味豊かな味のクッキーになっている。

「甘いミルクの味と生姜のほろ苦さが合わさって、堪りませんわね。これは大人の味です

わ」

　そうつぶやいたゾフィーヌは、亜弥と悠真が見ていないことを確認すると、両手で皿を持ち上げ、一気にジンジャークッキーを口の中へ流し入れた。彼女の丸い顔が大きさを増し、目を閉じてうっとりした表情を浮かべて咀嚼している。

　亜弥が紅茶のおかわりを淹れる間に、ゾフィーヌはもうジンジャークッキーを食べ終えていた。

「ゾフィーヌさん、もう食べ終わったのですか？」

　少量だったとはいえ、一瞬の間に食べてしまったゾフィーヌに、亜弥は唖然となった。

　早食いは、肥満ホルモンと呼ばれるインスリンの分泌を高める。ゾフィーヌの肥満を治すためにも、ゆっくり食べる習慣をつけてもらうようにしなくてはと亜弥が考えているうちに、ドアベルが鳴った。

　紅茶をごくごく飲んで喉を潤したゾフィーヌが「誰か来たようですわ」と怪訝そうに眉を上げた。

「どうも――失礼します」

　入ってきたのは、何度かレストランかのんへ来店したことのある、ニクラス氏だ。

「もう閉店時間を過ぎていますわよ！」

　意地悪く怒鳴ったゾフィーヌの方は見ないで、ニクラス氏は亜弥と悠真のほうへと歩み寄った。

王宮のマークが左胸に刺繍された青色のコックコートを着ている彼は、王宮専属の副料理長だ。仕事中に抜けて急いで来たのだろうか。

「アヤさん、ユーマさん、お久しぶりです。と言っても、ひと月前にお邪魔させてもらいましたね」

「いらっしゃいませ、ニクラスさん！」

亜弥と悠真の元気な声が重なると、彼はうれしそうに目を細めた。

ニクラス氏はレストランかのんの料理を気に入ってくれ、王都から頻繁《ひんぱん》に辻馬車に乗ってやってきては、ランチを食べたりスイーツをテイクアウトしたりして、慌ただしく戻っていく。

「今日はランチもスイーツも全部売り切れてしまったようですね」

残念そうに厨房と冷蔵ケースの中を見回したニクラス氏が、ふとゾフィーヌに気づいてまじまじと見つめた。

「あなたは……ファイ伯爵夫人じゃないですか？　お久しぶりです」

ニクラス氏が慇懃に一礼すると、ゾフィーヌは眉根を寄せたが、じきに表情を和《やわ》らげた。

「まあ、ニクラス伯爵？　お久しぶりですわね」

ロゼリフ国では、王宮料理人は爵位が必須条件となっており、舞踏会や晩餐会などの王宮行事で、二人は面識があるようだ。

「王都からわざわざ、このレストランへ食事にいらっしゃったんですの？」

「ええ、よく食べに来させてもらっています。今日は急ぎ、お知らせとお願いがあって参りました」

そう前置くと、ニクラス氏は亜弥と悠真のほうへ向き直った。

「実は、王都の商店街に、レストランかのんを真似た店が出来たのです。若い男女のシェフは黒髪で、店の名前は『レストランカノン』というものでした」

ラフィス氏から聞いていた亜弥と悠真は、静かに頷いた。

「なんですって!?　厚かましい！　人気店の真似《まね》をしようなんて。そういう店を取り締まることはできませんの？」

ゾフィーヌが興奮して机をバシッと叩く。勇ましい様子にニクラス氏は肩をすくめた。

「美味しいと評判のレストランかのんが、王都にも店を出したと聞いて、多くの都民がその偽店に押し寄せました。わたしも行きましたが、それは不味《まず》く、値段も高い。このレストランかのんの倍の値段をつけてました。メニューはランチのみで、それも毎回、スープと砂糖パンだけ。客はすぐに偽《いつわ》りの店だと騒ぎ出し、トラブルが絶えませんでした」

ふっとニクラス氏が亜弥のほうを見て、微笑んだ。

「実際、この店はよく安い値段で、あれだけの美味しい料理を提供していると感心します」

利益を少なくしても、多くの人に食べてもらいたい。亜弥と悠真が、そういう気持ちで頑張ってきたのは、異世界から来た自分たちを受け入れてくれたこの国の、この町の人々への感謝が心の中にあるからだ。

人気店になったから価格を上げ、利益を多くして、払える人だけ――貴族や一部の富裕層にだけ食べてもらうということは、したくないと思っている。

その偽店は、利益を厚くしようとしたのだろう。そのために必要な料理を工夫するという努力を怠《おこた》り、見かけだけで騙そうとして、客とトラブルになってしまった。

「シェフの若い男女は、元は西の都に住んでいた幼馴染同士だと聞いています。以前、このレストランかのんで食事をしたことがあり、今まで食べたことのない美味しい料理と、多くのお客さんを見て、浅はかにも、真似をすればきっと儲かるだろうと思ったようです。だが実際は、少しの間さえ誤魔化せず、儲けどころかトラブル続きで、ひと月もしないうちに店はつぶれてしまいました」

ニクラス氏の言葉に、ゾフィーヌの顔が輝いた。

「よかったですわ！　人の真似で儲けようなんて、上手くいくわけがないもの。それでその二人はどうなったんですの？」

「店舗の使用代金をなんとか支払って、夜逃げ同然に西の都へ帰って行ったそうです。

……今、その店は空き店舗になっています。偽店に騙された、王都商店街の多くの人がレストランかのんの料理を待ち望んでいます。アヤさん、ユーマさん、よかったら王都で二号店を出してくれませんか？」

亜弥と悠真は驚き、互いに顔を見合わせた。

「王都主要商店街は、もう一店舗、空く予定なんです。鞄店だったのですが、店主が高齢になったので息子夫婦がいる南の都へ行くと。その店舗を改装して、レストランかのん二号店にしてもいいですし、偽店のあとの店舗でも、どちらでも店舗料金はほぼ同じ金額です」

ニクラス氏が王都の主要商店街の縮小図と、店舗の見取り図をテーブルの上に置いた。

「レストランかのんの料理は健康的でしかも美味しく、王都としてもぜひと思っています。突然で驚かれたと思いますが、ぜひ前向きにご検討ください」

「んまあ、王都に二号店を……」

ゾフィーヌが目を丸くしている。

「ぜひ一度、店舗を見に来てください。鞄店だった店舗の隣が、商店街で最も古くから営業している金物屋で、そこの店主へ両方の鍵を預けておきますので」

ニクラス氏はそう説明すると、資料を置いて頭を下げる。

「ぜひ、二号店を出店することを前向きにお考えください。王都の皆が楽しみに待っています」

そう繰り返すとニクラス氏は店を出て、待たせていた辻馬車に乗って、王都へ帰って行った。

亜弥と悠真はニクラス氏から預かった見取り図や地図をじっと見つめる。

「このレストランかのんより少し大きい店になりそうだね。二号店か。姉さん、どう思う？」

この国のためになることだし、いつもなら「やってみたい！」と即答する前向きな亜弥だが、レイオーンの顔が脳裏に浮かんでしまい、答えに躊躇する。

「うん……ありがたい話だと思うけど、なんだかびっくりして……」

ゾフィーヌは感心しきりだ。

「あら！　王都の商店街はこの国の最先端が集まっているのよ。そこへ店を出してくれって、爵位を持つ王宮専属の副料理長から依頼されるなんて、名誉なことじゃないの。なんですぐにやるって言わないのよ」

眉間に皺を寄せたゾフィーヌに、亜弥は言葉を選びながら答える。

「王都と東の都は馬車で半日以上かかります。どうするかレイオーンさんとも相談してから……」

「なんてもったいない！　王都へ店を出せばいいのに。ぜひ、アヤさんは王都へ行くべきですわ！」

「え？」

目をまたたかせる亜弥に、ゾフィーヌが両手を腰に当て、はっきり告げる。

「あたくしはレイオーンとアヤさんの婚約を認めていませんから。アヤさんが王都へ行ってくれたら、レイオーンが目を覚まして、他の令嬢との結婚を考えるようになるかもしれません。ちょうどいいと思いますわ」

ほほほと高い声で笑うゾフィーヌに、亜弥は言葉を失った。

亜弥の作る料理を気に入ってくれ、こうしてひとりでも毎日のように店に顔を出すようになったゾフィーヌに、少しずつ距離が縮まっているように亜弥は感じていた。

言いたいことをはっきり言っても、ゾフィーヌは心の中では優しさを持っていることにも気づいているし、少しずつ亜弥のことを認めてくれているのではと思っていたのに――。

王都へ行ってしまえ、というゾフィーヌの言葉が胸に突き刺さり、亜弥は唇を噛みしめる。

「な、なによ。そんな傷ついた顔をして」

ゾフィーヌは亜弥の肩が小さく震えていることに気づくと、勢いよく立ち上がった。

「それじゃあ、先に邸へ戻っていますわ」

踵を返したゾフィーヌが店を出て行く。

「姉さん」

悠真の柔らかな声が耳朶を打ち、顔をそちらに向けると、ふっと悠真が微笑んだ。

「大丈夫だよ。今晩、レイオーンさんと話し合おう」

亜弥はこくりと頷いた。

2

その日の夜、亜弥と悠真は、騎士団本部の勤務から戻ったレイオーンの部屋へ行き、三人で話し合った。

「王都で二号店を……そうか。いずれそういう日がくると思っていた。おめでとう、亜弥、ユーマくん」

レイオーンはやわらかな笑顔を浮かべた。

「君たちがこの世界に来て、一年以上が経つ。砂糖漬けだった我が国の食文化に、レストランかのんが与えた影響は大きい。素晴らしいことだと思う」

「レイオーンさん……でも、王都と東の都では、馬車で半日以上かかります」

ファイ家の邸に住んでいても、多忙なレイオーンと亜弥は会えない日もあった。亜弥は思わず顔を伏せる。ありがたいことだが、王都と東の都――レイオーンと離れ離れになるのは辛《つら》い。

「亜弥」

　優しい声に顔を上げると、レイオーンが真摯な表情で、大丈夫だというように頷いた。

「レストランかのんは君にとって心のよりどころであり、生きる由縁だ。俺が王都へ、君に会いに行くよ。この町の人々が変わったように、王都の人々の食生活も変えてほしい。だから君と離れても我慢する」

　男らしくきっぱりと言い切ったレイオーンに、二人のやりとりを聞いていた悠真が切れ長の目を細めた。

「いいえ、レイオーンさん。王都に二号店を出すとしたら、僕が行きます。姉さんはここで今まで通り、本店を切り盛りしてもらいたい」

　悠真がはっきり言い切ると、レイオーンは眉根を寄せた。

「ちょっと待ってくれ、ユーマくん。何なら、王都二号店の話を断ってもいいと思う」

「いいえ、断るつもりはありません」

　静かに答える悠真に、レイオーンは「しかし」と言葉を続ける。

「王都に行けば、今のように亜弥と毎日会えなくなる。せっかく姉弟で店をしていたのに……離れてしまうのはどうだろう」

「馬車で半日です。いつでも会いに戻ってきます。それに姉弟だからといって、ずっと一緒にいられるわけじゃないと、わかっていました。王都へ二号店を出すのは、僕にとってもうれしいことです」

「悠真――」

「王都には僕にとって家族同然のノルトンさん一家がいます。それに、姉さんはレイオーンさんのそばにいたほうがいい。それがふたりのためだと思うんです」

悠真の言葉に、亜弥の大きな黒色の瞳が潤み、涙があふれそうになった。

小さな頃からずっとそばにいた悠真と離れるのは辛い。でも彼が言うように、王都の主要商店街に二号店を出すことは、とてもありがたい話だと思う。

レイオーンは「わかった」と首肯した。

「ニクラス氏から預かった、王都の主要商店街の縮小図と店舗の見取り図です」

悠真から用紙を受け取ると、レイオーンは真剣にそれを見つめた。

「なるほど、我が国で一番大きな商店街の中の店舗か……。広い店になりそうだ」

「ええ、そうなんです。明後日はちょうど定休日なので、姉さんと王都へ行って、実際に店舗を見てこようと思います」

決まったら、ニクラス氏に早目に返事をしたい。きっと王都の主要商店街に店を出したい人はたくさんいるだろうから。

レイオーンが穏やかに言う。

「工事費や内装などの初期費用を立て替えるから、相談してほしい」

ありがたい申し出だった。亜弥は思わず笑顔を返す。

「最初にレストランかのんを開店した時も、レイオーンさんがいろいろ支えてくれました」

なつかしく思い出す。あれから一年が経ち、二号店をオープンできるのは本当にうれしいことだ。

「それじゃあ、僕はこれで」

気を遣ったのか、悠真が一足早く、レイオーンの部屋を出て、自室へ戻った。

二人きりになると、レイオーンはゆっくりと手を伸ばし、慈しむように亜弥の黒髪に触れてきた。優しく髪を撫でる彼の手の温もりに、亜弥はそっと目を閉じる。

「亜弥」

「はい、レイオーンさん」

彼を見上げると、真剣な眼差しで亜弥を見つめていた。

「また母が何か言ったのか？　何か落ち込んでいるようだが――」

亜弥は項垂《うなだ》れ、小声で言う。

「ゾフィーヌさんはまだ、レイオーンさんに貴族の令嬢と一緒になってほしいと思っているようです」

レイオーンがわかっているというように、微笑んだ。

「気にしなくていい。父が認めてくれれば、母は何も言えないはずだ。公爵家の総領娘としてわがままなところがある母だが、昔から父にだけは頭が上がらないから」

顔を上げると彼と目が合い、そのまま強く抱き寄せられた。彼の腕の温もりに包まれたまま、耳元で囁かれる。

「俺は亜弥に、ずっと一緒にいてほしいと思っている。亜弥もそう思ってくれているだろう？」

頷くと、頬に熱が落ちた。優しいキスに胸がいっぱいになり、亜弥は安堵に包まれる。

「ゆっくりお休み、亜弥」

あたたかなレイオーンの言葉に元気をもらい、亜弥はレイオーンの部屋を出た。

自室へ戻る前に、明日の朝食用のパンを確認しようと、一階の厨房から外へ出て食材庫へ向かう。

（あれ？）

扉を少し押し開けたところで、亜弥は動きを止めた。

中から明かりが漏れている。誰がいるのだろうと思い、細く開いた扉から中の様子を覗った。

食材庫の中にいたのはゾフィーヌだった。調味料が並んでいる棚の方を向いているので、亜弥から彼女の表情は見えないが、どうやら砂糖が入った壺を抱きしめているようだ。

（ゾフィーヌさん、どうしたんだろう。食材庫に何の用が？　もしかして、お砂糖を……）

声をかけようと思っていると、こちらに背を向けたまま、ゾフィーヌの声が聞こえてくる。

「……アヤさんに言いたいことが……あのね……」

（え、私？）

自分の名前が聞こえてきて、亜弥は驚いた。

ゾフィーヌは亜弥が扉のところにいることに気づいてないようで、棚の方を向いたまま、砂糖の入った壺を両手で抱きしめて、怖いくらい真剣な声で続ける。

「アヤさん……あのね、王都の主要商店街と言えば、貴族たちも通う名店が並んでいるのよ。断るなんてもったいないですわ。あたくしはそう思って……確かに、レイオーンと別れてくれたら嬉しい、ちょうどよかったというのは、言い過ぎたかも……その、悪かったわね？」

ゾフィーヌは砂糖壺をドンッと棚に戻し、がしがしと頭を掻きむしる。

「う――、なんであたくしが謝らないといけないの！　あたくしはレイオーンには名家の令嬢が相応《ふさわ》しいと前から言っているのに。そうよ、アヤさんのような平民で黒髪の娘さんより、レイオーンにぴったりの令嬢のほうが……。うー、でも、あそこまで嫌な言い方をするつもりはなかったのに。……アヤさん、傷ついた顔をしていたわ。ご、ごめんなさい」

髪を掻きむしりながら言い過ぎたと反省し、独り言ちるゾフィーヌの姿を見て、亜弥は口を手で押さえた。

（ゾフィーヌさん……）

砂糖壺に頭を下げたり、ぶつぶつ文句をつぶやいたりしているゾフィーヌの様子がかわいらしく感じられ、亜弥は思わず小さく微笑む。

（やっぱり優しい人だ。レイオーンさんのお母さんだもの）

それでもゾフィーヌは、王家ともつながりがある名家の出身だ。息子の婚約者には貴族の令嬢をと、ずっと希望していたのだ。

（すぐに許してくれるなんて、考えるほうがどうかしていた。焦らなくて大丈夫……ゾフィーヌさんならきっと理解してくれる）

亜弥はそっと服の上から胸に手を当てた。

いつかゾフィーヌに理解してもらえると信じて、これからゆっくり頑張っていきたい。

大きく息を吸うと、亜弥はそっと扉を閉めて、厨房へと戻った。

3

レストランかのんの定休日――。澄んだ青空が広がった明るい朝、亜弥と悠真は二号店となる店舗の下見をするため、辻馬車で王都へ出かけた。

ガタゴトと揺れる馬車の中で、姉弟は王都の商店街の地図を見ながら、色々と話し合った。

「主要商店街は、ノルトンパン屋がある旧通りから歩いて行ける距離だね」

悠真はノルトン氏の家から近いと、嬉しそうに目を細めている。

馬車が通る街道は、辻馬車専用の休憩所が点在し、馬に水を与えたり御者《ぎょしゃ》が休憩したりできるようになっている。中でも大きな休憩所では、味のついていないスープと砂糖パンが販売されていた。亜弥と悠真は、今朝ファイ家の邸で作ってきたお弁当を食べた。

順調に馬車は走り、王都へ近づく頃には正午を過ぎていた。

辻馬車を降りると、亜弥と悠真はニクラス氏から預かった地図を見ながら、王都の主要商店街を歩いた。

東の都やノルトンパン屋がある旧通りより道幅が広く、道の両側に一定間隔で馬車置き場が設置され、辻馬車の乗り合い所も広い。

「王宮御用達《ごようたし》の帽子店……レース専門店……あった、金物店だわ」

商店街の中でも老舗の金物店の店長が空き店舗の鍵を管理していて、ニクラス氏が亜弥たちの来訪を伝えてくれているはずだ。

「こんにちは」

金物店の入口で声をかけると、店主だろうか、店内で陳列《ちんれつ》した刃物を並べ替えていた六十歳くらいの男性が「いらっしゃい」と振り返った。

黒髪の亜弥と悠真を見ても驚かず、店主はすぐに笑顔になる。

「ああ、東の都から有名なレストランのシェフがお見えになると、ニクラス副料理長から聞いています。ずいぶんお若いのですね。どうぞ」

目尻に皺を寄せ、作業机の隣の長椅子をポンポンとはたいた金物店の店主に従い、亜弥と悠真は長椅子に腰かけた。

「お二人は姉弟だと伺っておりますが、ご一緒に二号店をされるのですか？」

店主の問いに亜弥が笑顔で答える。

「王都二号店は弟が担当し、私は東の都の本店に残ります。よろしくお願いします」

隣に座っている悠真が、深く頭を下げた。

「わかりました。弟さんは背が高いですね。あの前の偽店の男性より……いやあ、あの偽物の店には騙されましたよ。髪の色までハーブで黒色に染めて、自分たちは美味しい料理を作れるのだと自慢してました。でも店で食べた料理は特別美味くもなかったし、すぐにお客さんが離れていきましたね」

金物屋店主は、実際に偽店に行ったことがあり、ハーブで染めた黒髪を見たことがあるので、亜弥たちを見ても驚かなかったようだ。

「ひと月分の店舗の代金を支払って、二人は逃げ出すように王都を出て行きました。最後に金の支払いに来た時、言ってたんですがね……」

金物店の主人がぽつぽつ話したのは、その二人が偽店を開いたいきさつだった。

二人は孤児院で一緒に育ち、女性の方が貴族に見初《みそ》められ、愛人として邸に住むことになった。たっぷり支度金をもらったのに、直前になって、以前から想い合っていた二人は駆け落ちしてしまった。

西の都の追手から逃げるように、隠れて暮らしていた二人は、東の都へ来た時、レストランかのんで食事をして、あまりの美味しさに驚いたそうだ。

二人は孤児院で食事係をしていたこともあり、調理の経験があった。レストランかのんのシェフになりきれば、追手も気づかないだろう、そう思って、人の多い王都を選んだ。

「追手《おって》から逃れるために、レストランかのんの偽店を……。その二人は、今どうしていますか？」

「さあ……旅に出ると言ってましたが、追手のことが常に不安らしく、怯《おび》えていました。

愛人になりたくないのなら、金を返すべきだったとわしは思うが……断れない事情があったのでしょう。まず、その店舗へご案内しますね」

「よろしくお願いします」

亜弥と悠真は金物店店主について、その店舗へ案内してもらう。金物店の向かいの通りにある店舗で、店の看板などはすべて外されていた。

店舗の表のドアの鍵を開けて中に入ると、厨房には家庭用と同じ大きさの流しがあるだけで、あとは広々としていた。

「調理器具とか食器とか、全部出て行く時に二人が持って行ったので、何もないんですよ。二階部分が住居になっています。ここは少し小さめで二部屋と簡易キッチンという作りです」

「わかりました」

亜弥は室内を見回して、小さく息をついた。

調理器具や冷蔵ケース、調理台などは、自分たちで揃えれば大丈夫だが、室内に窓が少なく、日当たりが悪いのが気になった。

悠真は難しい表情でぐるりと店内を歩き、亜弥のほうを見て、小さく首を左右に振った。

「それでは、もうひとつの店舗のほうをご案内します」

その店舗を出て少し歩いたところで、金物店の主人は足を止めた。

「ここです」

主要商店街の端の店舗は、大きな窓と硝子張りのドアが印象的で、鞄店の看板が上がっている。

鍵を開けながら、金物店の主人が説明する。

「先週まで鞄店をやっていたんですが、店主が高齢で息子夫婦と暮らすため、南の都へ行くことになったんです。きれいに使用されていますよ。二階が住居になっていて、部屋がみっつとシャワールームがついています。どうぞごゆっくりご覧ください」

大きな窓があり、大量の日差しが明るく差し込んでいる。亜弥は頬を緩めた。

「いいね、悠真！」

「うん。広いし、きれいだ。すごく……いいよ」

悠真は妖石エネルギーが使用できる場所と、図面を確認している。

「ここに作業台を置いて、厨房はこの向きにしよう。カウンター席はこっちで……いや、テーブル席はこう並べたほうが落ち着きそうだね」

目を輝かせる悠真に、亜弥も笑顔で頷く。

「スイーツを入れる冷蔵ケースとレジの置き場所も考えないと。あ、奥に部屋があるわ」

広い室内の奥にドアがあり、開けるともう一つ小さめの部屋あった。

「ここは、職人さんたちが休憩室として使っていた部屋ですよ」

金物店の主人が説明してくれた。

「ここは食材庫として使えそうだね。調味料の壺を置く棚をこの向きで……こっちに棚を作ろう。それから……」

悠真が言葉を呑み込み、亜弥を振り返った。

「ここで二号店をオープンさせよう、姉さん。僕はここがいいと思う……！」

「うん。私もそれがいいと思う。でも……また、離れちゃうね」

店舗が決まると、急に悠真との別れが現実味を帯び、亜弥は思わずつぶやいた。心寂しげな姉を見つめ、悠真は小さく微笑む。

「大丈夫だよ、姉さん。行方《ゆくえ》がわからなかった頃とは違うから、いつでも姉さんに会いに帰るよ」

「私も、会いに来るわ」

「姉さんはレイオーンさんとデートで忙しいから、来ないんじゃないかな」

からかうような口調の悠真に、亜弥は真っ赤になった。

「そんなことないわ」

ぽんと優しく、亜弥の肩に弟の手が置かれた。

「姉さん、王都と東の都と離れていても、僕と姉さんが姉弟だということは変わらないよ」

「悠真……」

亜弥の記憶は悠真と手をつないで幼稚園に通っていたところから始まっている。ずっと一緒だった、自分の半身のような存在だ。

「本当に、仲のよいご姉弟ですね。わしも、遠くに嫁いだ妹のことを思い出しました」

金物店の主人が目を潤ませ、肘を曲げて顔を擦っている。

彼の存在をすっかり忘れていた亜弥と悠真は、顔を見合わせて恥ずかしそうに頷き合う。

「この店舗をお借りしたいと思います。よろしくお願いします」

亜弥と悠真が頭を下げると、金物店の主人は安堵して息をついた。

「ああ……よかった。お受けしてもらえるのですね。ありがとうございます。これで王都に本物のレストランかのんが来てくれる……！」

高揚した金物店の主人の声が上ずり、彼は二号店を王都で開店させることをとてもよろこんでくれている。その様子に亜弥の胸の中が熱くなり、祖父ヨーサムの顔が浮かんだ。

（お祖父ちゃんの故郷であるこの国が、私たちの第二の故郷――この国の人々が幸せに健康に暮らせるように、頑張って美味しいものを作ろうね、悠真）

亜弥の心の中の声が聞こえたのか、悠真がこちらを振り返って微笑した。

店舗の見取り図に、厨房や対面式のカウンターの位置、テーブル席の数などを書き込んでいく。東の都のレストランかのんよりも広い店内のイメージが湧き、亜弥と悠真は夢中になって見取り図を完成させた。

「そうだ、これを」

そばでにこにこ笑って見守っていた金物店の主人が、業者の名前が書かれた用紙を亜弥と悠真に差し出した。

「わしが信頼している王都の業者の連絡先です。皆この主要商店街に店舗を構えておるので、すぐに話を聞きに行きましょう」

年のわりには行動的で元気な金物店の主人は、亜弥と悠真を連れて、王都主要商店街の中にある、妖石家具店や食器店、内装工事店などを順番に回ってくれた。

王都の業者の費用相場は高いのかと思っていたが、皆、レストランかのんが王都にできることを喜んでくれ、笑顔で金額を割引してくれた。

店内の内装と工事の見積、テーブルや椅子、食器も安い値段で購入できることになり、それらの見積を出してもらうと、思った以上に安くてほっとする。

(これなら、今の貯金でギリギリ払えそうだわ)

少しずつ貯金してきたお金は気がつかないうちに大きな金額になっていた。

工事の日程を確認すると、あと二月くらいで二号店がオープンできそうだ。

スイーツ用の冷蔵ケースは、以前作ってもらったことのある、東の都のラフィス氏にお願いすることにした。

「アヤさん、ユーマさん、何か困ったことがあれば、わしら王都主要商店街の皆が助けますので。オープンまでにやっておくことがあれば、遠慮なくおっしゃってください」

　金物店の主人の言葉に、亜弥は甘えさせてもらうことにする。

「できれば、人を雇いたいと思っています」

　ランチだけでなくスイーツも楽しんでもらいたい。そうすると、給仕やレジを任せて、厨房にいて調理に集中したい。姉の提案に悠真がこくりと頷いた。

「そうだね。僕もそれがいいと考えていた。東の都の本店は僕達で探しますので、王都の二号店の給仕を担当する人を一名、募集したいと思います」

　金物店の主人が、「なるほど。わかりました」と笑顔で答える。

「これから工事に入りますが、商店街の掲示板に、レストランかのんができること、給仕担当者を一名募集することを、張り出しておきます」

「よろしくお願いします」

　一気に話が進み、亜弥と悠真はほっとして笑顔で頷き合う。途端、長い時間、付き合ってくれた金物店の主人のお腹がぐぅっと鳴った。

「いやあ、お恥ずかしいことにお腹が空いてしまって」

　頭を掻きながら、彼はぽつりとつぶやく。

「実は妻が嫁いだ娘の様子を見に出かけていて、ひとりなので、昼食も食べてなくて」

もう日が暮れはじめている。

「よかったら、急いで何か作りましょうか？」

亜弥が言うと、金物店の主人は身を乗り出すようにして、顔を輝かせた。

「ぜひ、お願いできますか？　妻がいないので、大した材料がないのですが」

金物店まで戻り、住居になっている二階へ上がると、三部屋と台所があり、そこで調理させてもらうことになった。

妖石エネルギーで動く小さな冷蔵庫の中に牛乳と鶏肉があり、その隣の棚に木籠が置かれ、玉葱や人参やブロッコリーが入っている。棚の中に小麦粉も見つけた。

「ああ、せっかくレストランかのんのシェフが料理してくれるというのに、材料がこれだけしかないなんて」

肩を落とす金物店の主人に、亜弥と悠真は笑顔で「大丈夫です」と答えた。

「悠真、シチューを作ろう」

「いいね。これだけあれば、チキンクリームシチューができるよ」

「どうぞ、台所にあるものを自由に使ってください。それからお二人とも、どうか一緒に食べて行ってくださいね。一人では味気なくて……」

亜弥たちもちょうどお腹が空いてきたところなので、礼を言ってそうさせてもらうことにする。

狭い台所なので、金物店の主人は奥の部屋へ下がり、ドアを開けて暖炉《だんろ》に火を入れた。ぱちぱちと暖炉の音が響いている。

亜弥と悠真は腕まくりをして、さっそく鍋を洗うと、塩で下味をつけて一口大に切った鶏肉と、玉葱と人参を入れて炒めた。

いったん火を止めて小麦粉と塩コショウをふり入れ、全体を混ぜながら粉っぽさがなくなるまで煮込む。全体に火が通ったら小房にわけたブロッコリーと牛乳を加えて塩コショウをふり、混ぜながらとろみがつくまで中火で加熱して出来上がりだ。

台所から漂うあたたかな湯気と、なんとも言えない匂いに、気づくと金物店の主人がじっと台所のほうを見つめ、立ち尽くしていた。

「すごい手際の良さですね。やはり本物のシェフは偽者の二人とは全然違います」

偽店のシェフの二人を思い出し、無意識のうちに比べていたのだろう。彼はしきりに「さすがです」と感心している。

亜弥と悠真はテキパキとチキンクリームシチューを深皿に注いでテーブルに置き、ルーナ茶を淹れる。

「できました。あとはスプーンを……」

金物店の主人は「こちらに」と棚の引き出しからスプーンを出してテーブルに並べ、三人で座った。

「ああ、寒い夜にぴったりのスープですね。いい香りだ」

深皿に顔を近づけて息を深く吸った金物店の主人が、うっとりした表情でスプーンを手に取る。

「……おお、これはうまい！」

湯気が立っているチキンクリームシチューに息を吹きかけ、口に運んだ金物店の主人の顔が恍惚《こうこつ》と輝いて、目が大きく見開かれている。

亜弥と悠真も手を合わせ、それぞれスプーンを持って、食べ始めた。

（うん、美味しい！）

亜弥も心の中で叫ぶ。

口の中でとろける鶏肉と野菜の旨味が、クリームシチューの濃厚なスープと混ざり合っている。

「この野菜の旨味が溶けたスープがいい味になっているね」

悠真の声に、亜弥が笑顔で頷くと、金物店の主人があっという間に深皿を空《から》にした。

「すみません、おかわり、ありますでしょうか」

「はい……！」

深皿を受け取って、亜弥は台所へ行く。この家にあった中で一番大きな鍋で作ったので、おかわりしてもまだたっぷり残っている。

掻き混ぜながら少し温め直して、おかわりを彼に手渡すと、ものすごい勢いで食べ進め、おかわりを繰り返した。

「ごちそうさまでした」

「大変お世話になりました。おかげで王都で二号店をオープンできそうです」

亜弥と悠真は感謝の気持ちを込めて、頭を下げた。

「こちらこそ、王都へ店を出してくれて、本当にありがたいと思いっています。王都民の皆が喜びます。改装工事と調理器具の制作を急ぐと申しておりましたので、どうぞご安心ください」

金物店の主人は亜弥と悠真を外まで見送ってくれた。

辻馬車乗り場まで歩きながら、姉弟は信じられないような、幸せな気持ちに包まれる。

「ありがたいね、悠真」

「うん。商店街の皆さんも喜んでくれていたし、本当によかった」

じきに辻馬車乗り場が見えてきて、亜弥はふと足を止めた。

「悠真……」

「ん？　どうしたの、姉さん」

困ったように眉を下げた亜弥を、悠真が覗き込む。

王都まで来たのだから、久しぶりにノルトンパン屋にも顔を出したかったが、もう日が暮れはじめている。夜は気温が一気に下がるので早目に馬車で東の都まで戻らなくてはならない。明日はレストランかのんの営業日なのだ。

「私ひとりで大丈夫だから、悠真だけでも、ノルトンさんの家に泊めてもらったらどうかな」

亜弥が提案すると、悠真は苦笑して首を横に振った。

「ランチとスイーツの両方を、姉さんひとりで回すのは大変だよ。それに、たぶん寄れないと思って、ノルトンさんにも連絡していないいんだ。だから大丈夫、さあ帰ろう」

促され、姉弟は御者に「東の都のファイ邸まで」と告げて、辻馬車に乗り込んだ。辻馬車内に毛布が用意されている。寒くなったら、それを体にぐるっと巻き付け、暖を取るのだ。

「新しく給仕の人を探さないと……東の都のレストランかのん本店の扉に、給仕担当を一名、募集する張り紙をしようと思うの」

悠真が静かに微笑んだ。

「いい人が来てくれるといいね」

「うん――」

(どんな人が来てくれるのかな)

そう考えた途端、胸がつきんと小さく痛んだ。

亜弥には悠真以上の、悠真には亜弥以上の相手というのは難しい。

それに、あと二か月もすると、悠真は王都へ行ってしまう。そう思うとどうしても、寂しさと切なさが胸の奥底から込み上げてくる。

ガタゴトと揺られながら、新しくできる王都二号店へ向けての期待と、互いの別れを思いながら、亜弥と悠真は口数が減っていく。

馬車の小窓から冷冷とした月が見え、亜弥はふいに祖父母を思い出した。

こちらの世界へ送ってくれた優しい祖父母は、今頃天国で、仲睦《なかむつ》まじく幸せに暮らしているだろう。

姉弟を見守るようなやわらかな月光に包まれ、馬車はやがて東の都へ入った。

やっとファイ邸に着いた時、真夜中を過ぎていた。

辻馬車を下りて、守衛の人に挨拶をして邸の中へ入ると、心配してくれていたのか、すぐにハンナが駆け寄って来た。

「アヤ嬢、ユーマさん、お帰りなさい！　王都まで往復されて、お疲れでしょう。いつでも入れるようにお風呂の用意ができていますよ」

「ありがとう、ハンナさん。起きて待っていてくれたんですね」

申し訳ない気持ちでいると、ハンナがそっとウインクした。

「ゾフィーヌ様が、まだ戻ってこないのか、窃盗団に襲われたりしてるんじゃないのかと、心配されてました。あ、気づいたようです」

ハンナが視線を向けると、ドスドスと邸を揺らす勢いで足音が響き、バンッと大きな音を立ててリビングの扉が開いた。

「馬車の音が聞こえましたわ！」

転がるように部屋へ入ってきたゾフィーヌが、亜弥と悠真を見た途端、ほっとしたように大きく息をついた。しかし、すぐに不機嫌な表情で唸るような声を出す。

「遅かったですわね！すっかり寝不足ですわ！」

怒鳴りながらも、心配で仕方がなかったと顔に書いてあるゾフィーヌに、亜弥は思わず笑顔になった。

「遅くなって、本当にすみません」

頭を下げる亜弥に、ゾフィーヌはふんとそっぽを向いた。

「亜弥、ユーマくん、お帰り」

労わるような優しい声の方を見ると、螺旋階段からレイオーンが降りてきて、その後ろにジーナもいる。

「王都二号店の店舗、よいところが見つかったか？」

静かに問うレイオーンに、亜弥と悠真は満面の笑みで頷いた。

時間は遅いが、皆が起きているので、リビングの暖炉に火を入れ、亜弥と悠真は王都二号店の見取り図を見せながら、みんなに進捗状況を説明した。

「──なるほど。主要商店街なら客足も多いだろう。工事や冷蔵ケースがそろうまで、も

う二月ほどかかるのか……」

レイオーンは見積書を見て、小さく頷いている。

見取り図に見入っていたジーナとハンナも、目を輝かせている。

「まあ……広くてよさそうな店舗ね」

「きっと王都二号店も、すごい人気店になると思います。あ、でも……」

ハンナとジーナはハッと気づき、しおしおと項垂れた。

「それではユーマさんは、あとふた月すると、王都へ行ってしまうのですね」

ジーナとハンナは顔を見合わせ「寂しくなりますね」と囁き合っている。

「定休日には戻ってきます」

明るく答える悠真の隣で、一番寂しいはずの亜弥が微笑んでいるのを見て、ジーナとハ

ンナはそれ以上、寂しいという言葉を言わなかった。

亜弥と悠真は、これから度々王都へ、内装や工事の進み具合、カウンターなどの確認を

しに行く予定だということと、両方の店で、それぞれ給仕担当者を募集していることを皆

に伝える。

「まあ、人を雇うの?」

ソファに座り、ひじ掛けに手を置いて話を聞いていたゾフィーヌが驚いている。

「はい。ランチだけでなく、スイーツも作るとなると、厨房にかかりきりになるので、給仕をしてくれる人を本店と二号店にそれぞれ一名入れる予定なんです」

説明する亜弥にゾフィーヌは眉根を寄せ、怒っているように問う。

「人を雇うということは、給金を支払うってことでしょ？　あの安い値段で大丈夫なの？」

亜弥は笑顔で「大丈夫です」と即答した。

ありがたいことに、お客さんがひっきりなしに来てくれるので食材も無駄にならず、貯金もできているのだ。

王都二号店の方も、利益を薄くして、多くの人に来店してもらいたいと、亜弥と悠真は話し合っていた。

利益を厚くして、その金額が払える一部の富裕層の人だけ食べてもらうという方法だと、この国の多くの人に美味しい料理を食べてほしいという亜弥たちの願いが途切れてしまう。今のままで十分、利益はもらっている。

「亜弥」

ふいにレイオーンが固い声で呼び、亜弥は目をまたたかせながら顔を上げた。

「忙しい時にすまない。実は――」

一旦言葉を切って、レイオーンは大きく息をついた。

「父から手紙が届いた。来月中に、屋敷へ戻ってくるそうだ」

「レイオーンさんのお父さんがお戻りに……」

二号店のことで頭がいっぱいだった亜弥が言葉に詰まっている間に、ゾフィーヌが両手を胸の前で合わせて叫ぶ。

「んまあ、ルノーが！　思ったより早いわね！　よっこいしょ！」

最後の掛け声と共に、ギシッと大きな軋み音を上げてソファから立ち上がったゾフィーヌが亜弥を睨みつけた。

「アヤさん、ルノーがあなたとレイオーンの結婚に反対したら、あなたはどうするつもりなのかしら」

「母上――」

咎めるように口を開いたレイオーンに手のひらを突き出して制し、ゾフィーヌは亜弥に重ねて尋ねた。

「あたくしとルノーが反対したら、あなたは諦めますの？」

真摯なゾフィーヌの口調に、亜弥は唇を噛みしめた。

「私は……ルノーさんやゾフィーヌさんから、祝福されたいと思っています。それが叶わずに反対された時は……」

言葉が途切れ、亜弥は顔を伏せ、気持ちを吐露《とろ》する。

「何度でもわかってもらえるまでお願いするつもりです。どうしてもレイオーンさんと結婚したいんです。だから諦めません。理解してもらえるように頑張り続けます……！」

今までにない強く言い返す亜弥に、レイオーンは驚きつつ、ゆっくりと目元を緩めた。

「亜弥──俺も絶対に諦めたりしない。だから大丈夫だ」

「レイオーンさん」

青空のように澄んだ彼の瞳に優しく見守られ、亜弥は強張っていた体から力が抜けるのを感じた。

「ふん」

ゾフィーヌはぷいっと顔を背け、大きく息を吐く。

「アヤさんはずいぶんハッキリ自分の気持ちを言うようになったわね。全く、厚かましい」

ジーナが呆れたようにゾフィーヌを見た。

「何をおっしゃるの。お母様はいつでもズバズバ言いたい放題のくせに」

「おだまり、ジーナ！　それじゃあ、あたくしは自室へ戻るわ。ああ眠い」

お尻を振りながら、ゾフィーヌがドスドスと足音を立ててリビングを出て、螺旋階段を上がって行く。

「姉さん」

悠真が言いたいことを察して、亜弥はぐっと拳を握りしめた。

「大丈夫よ。ルノーさんは手紙で黒髪でも気にしないと書いてくれた方だもの。悠真は、王都二号店のことを最優先に考えてね」

ひと月後、レイオーンの父親に会う。

そして、さらにひと月後、王都二号店がオープンする。

期待と不安が入り混じり、冴え冴えと明るい月光に包まれた亜弥の心臓は、言葉にできない想いとともに鼓動を速めていた。

第五話　ホットサンドとフルーツパウンドを持って再び王都へ

1

王都二号店の方は、着々と改装工事と調理器具の制作が進み、三週間が経った。

「ありがとうございました」

元気のよい亜弥と悠真の声が響き、今日もレストランかのんを閉める時間になった。

「今日も忙しかったね、悠真」

「そうだね。二人でやっていてもこれだけ忙しいから、それぞれひとりになったら大変そうだ。大丈夫かな」

姉弟は小さく肩を竦めたあと、頑張ろうと互いを励まし合った。

いよいよ今日、レストランかのん本店の給仕係の面接が行われる。

あらかじめ、三週間待って面接をする予定を組み、扉の外と店内に『給仕担当者、一名募集』という貼り紙をしていた。

当日は曇天《どんてん》が広がったが、店を閉めて後片付けが終わった頃は、やわらかな風が吹いていた。

面接は、後片付けが終わったレストランかのんで行うことにして、あらかじめ貼り紙に、面接希望者は、今日の午後二時半から三時までの間に、レストランかのんへ来てほしいと記載していた。

二時半を過ぎると、亜弥は入口のドアを開けた。三人の若い娘が立っていたので、中へ入るように声をかける。

ふと、少し離れたところにぽつりと立っているエルフ族の娘に気づいた。

（あの子は、ドーラさん……）

質素なワンピースの裾をぎゅっと握り、馬車置き場の端っこのほうに立っていたのは、フレットの妹、ドーラだ。

俯《うつむ》いたままなので、ドーラの表情は見えないが、彼女は店に入るでもなく、下を向いたまま立ちつくしている。

亜弥は声をかけようとして思いとどまり、店内に戻った。

カランコロンとベル音が響き、若い女性が集まってくる。来た順番にテーブル席に座ってもらう。

食事に来た時に「面接に来きます」と声をかけてくれた人もいるし、何も言わずに当日来てくれた人もいる。皆、緊張した面持ちで座って待っている。

指定した午後三時になる直前、ドーラがおずおずと入ってきた。

「来た順番に座ってもらっています」

亜弥が声をかけると、ドーラは「はい」と頷き、最後の席へ座った。

亜弥は皆の前に立った。見回すと、面接に来てくれたのは、若い女性が七人、子供がひとり立ちしたくらいの年齢の女性が三人の、合計十名だ。この中から、ひとりを選ぶことになる。

「皆さん、今日は面接にお越しいただき、ありがとうございます。それでは、ひとりずつ面接をします。来てくれた順番に奥の部屋へ来てください」

椅子に座って待っていてもらい、食材庫の前にある小さな控室に、ひとりずつ入ってもらい、亜弥と悠真と三人で面接を行うことを説明した。

「ではジュディさん、どうぞ」

奥の小部屋で亜弥と悠真が並んで座り、面接を始める。

「まず、志望動機を教えてください」

悠真が問うと、ジュディは緊張しながらも、「レストランかのんの料理が大好きだから応募しました」と答えた。

（うわ、嬉しい！）

亜弥は頬が緩《ゆる》んでしまい、あわてて自分の手をつねった。

それから、料理が好きか、人と話すことは苦手ではないか、など質問していく。

ジュディは残念ながら、人見知りがあるようで、話したりすることは苦手なようだった。

（人見知りがあると、給仕の仕事はしんどいかもしれない……）

「ありがとうございました。結果は三日以内に郵送します」

連絡先をノートに記載してもらい、急ぐ場合は面接が終わり次第、帰ってもらってもいいと伝え、ひとり目の面接が終わった。

次の人を呼んで、話を聞く。

彼女も、レストランかのんの料理が美味しくて雰囲気がいいので、給仕係をやってみたいと言ってくれた。嬉しい言葉に亜弥は思わず笑みを浮かべる。

最後はドーラだ。おずおずと小部屋に入ってきた彼女は、緑色の髪を揺らして、開口一番謝罪した。

「兄が大変ご迷惑をおかけしました」

「ううん、そのことはもういいのよ。とにかく、座って」

亜弥に促され、椅子に腰かけたドーラは上ずった声で自己紹介する。

「ド、ドーラ・ミル、十八歳です。兄の畑を手伝って、人参を作っています」

この国は十六歳で義務教育が終わり、そこからジーナのように王都の学院に進学するのは貴族や一部の富裕層だけで、大多数の人は家業の農家や酪農《らくのう》、商売などを手伝うようになる。

「どうしてレストランかのんの給仕係に応募したのか、理由を教えてくれますか」

悠真の問いに、真剣な顔で言葉を探すように目を彷徨わせながら、ドーラは答える。

「……あの事件から、兄は変わりました。それまで投げやりなところが多かったのですが、物事に真剣に向きあい、畑仕事も自分なりに工夫するようになったんです。兄が変わったのは、アヤさんの……レストランかのんの料理のおかげです。それから、グレイさんの」

突然出てきたグレイの名前に、亜弥はハッとなった。

涙ぐんだフレットの声が耳元で蘇る。

――グレイさんが、許してくれた。あんなひどいことをした僕に、理由も聞かずに、水に流すって言ってくれたんだ――。

「グレイさんは大らかな方で、兄があんなひどいことをしたのに、全然怒ってなくて……。それどころか、うちの畑の様子を心配して時々様子を見に来てくれ、兄にいろいろアドバイスしてくれるんです」

(グレイさんらしい……)

亜弥はゆっくりと頷いた。

「ドーラさん、これから先は、フレットさんの畑を手伝わなくていいの？」

フレットと一緒に畑をした方がいいのではと思って亜弥が尋ねると、ドーラは唇を噛みしめ、伝えるべきか否か迷うような表情のまま、小さく首を横に振った。

「うちの畑、エルフ村から借りているんですけど、小さくて……お兄ちゃ、いえ兄が、畑は自分ひとりで大丈夫だ。すまないがお前には、外で稼いでほしいと」

エルフ村に借金もある身として、フレットは生活のために、妹に働いてもらいたいと告げたのだろう。

ドーラはうつむいたまま、言葉を続ける。

「兄はあれから、レストランかのんへ行きたいと言うようになりました。今は節約しないと駄目だから無理だけど、借金を返し終えたら一緒に行こうと――。それに、グレイさんもアヤさんの料理が好きだと言ってました。だから……あたし、食べたことはないんですが、レストランかのんの料理はすごいんだなぁって思います。この国の他の人にも食べてもらいたい。できればここで働きたいと思ったんです」

「わかりました――」

亜弥と悠真が頷くと、ぺこりと頭を下げ、ドーラが退室する。

これで全員の面接が終わった。店の方へ戻ると、亜弥はみんなの前に立った。

「今日はありがとうございました。面接の結果は、三日以内に届くように、手紙で郵送します。採用になった方には、早目に慣れてもらうため、来週から来てもらう予定です。それでは、これで終了します。お疲れさまでした」

面接が終わって緊張が解けたのだろう、みんな安堵したような表情を浮かべ、店から帰って行った。

亜弥と悠真は二人でレストランかのんに残り、改めて話し合った。

「困ったわ、皆よかった。悠真、どう思う？」

「そうだね、ジュディさんは人見知りがあると言っていたし、他にも接客が苦手だと言っていた人が……確かローズさんだったね」

亜弥も深く頷いた。

「レストランかのんには多種族のお客さんが訪れるから、明るく挨拶ができる人がいいと思うの。ジュディさんとローズさんは難しいかな。でも、面接では笑顔になっていたから、大丈夫かもしれないわ」

本当に、皆とてもよかったと思う。この中からひとりを選ばなくてはいけない。

なかなか決まらず、亜弥と悠真は頭を悩ませる。ふいに悠真が「姉さん」と呼んだ。

「なあに？　誰がいいか、決まった？」

「ううん。そうじゃないんだ。姉さんと一緒にこの店で頑張ってもらう人だから、姉さんがいいと思った人がいいと思って――。ひとりずつ、この店を一緒に切り盛りしていくところをイメージしてみたらどうかな」

確かにこのままでは選ぶことができない。

「わかった。やってみるわ。まずジュディさんから」

深呼吸をして目を閉じた亜弥は、面接を受けに来てくれた十人の顔を順番に思い浮かべながら、一緒にこの店内で働くところをイメージしていく。

最後のドーラを想像した時、不思議としっくりきた。ドーラがレストランかのんの中で笑顔で接客し、お客さんと挨拶している姿が誰よりもはっきりと想像できた。

目を開けると、何も言わずに待ってくれていた悠真が微笑んだ。

「姉さん、決まった？」

「うん——私は、ドーラがいいと思うの」

亜弥の口調に迷いはなかった。

彼女は店で暴れたフレットの妹だが、しっかりした、兄思いの優しい娘だと思う。

悠真が目元を緩めて頷いた。

「うん。僕もイメージしてみたけど、姉さんとドーラの組み合わせがいいと思った」

悠真も一人ずつ、姉と一緒にこの店で働いているところを想像してくれたようだ。そして亜弥と同じように、ドーラが一番ぴったりきたらしい。悠真までそう言ってくれるのなら、きっと大丈夫だ。

亜弥と悠真は給仕係をドーラにしようと決め、早速ドーラ宛に採用したいので、来週から来てほしいと手紙を書き、今日面接に来てくれた他の人々へも、断わりと共に心を込めたお礼の言葉を認《したた》め、送ったのだった。

＊　＊　＊

その日の夜、亜弥と悠真は、ファイ家の人々……レイオーンやジーナ、ゾフィーヌたちに、ドーラを採用することに決めたと話した。

「なんですって⁉　店で暴れたエルフ族の青年の妹なんかを、どうして⁉」

「母上、レストランかのんのことは、亜弥とユーマくんに全て任せています。二人がそう決めたのなら、我々は見守っていきましょう」

穏やかなレイオーンの口調に宥められ、目を剥いたゾフィーヌは仕方なく怒りを収めたが、それでもまだ、ぶつぶつと文句を言っている。

亜弥はゾフィーヌへ静かに告げる。

「ゾフィーヌさん、明日と明後日は、東の都の商店街がお休みなので、私と悠真は王都のノルトンさんのところへ泊まってきます。王都二号店の様子を見たり、そちらの給仕担当の人を決めてくる予定です」

東の都では数か月に一度、休養日と呼ばれる連休日が指定されていて、その日は大通りの商店街の店は休業し、それぞれ家族でゆっくり休むのだ。

ゾフィーヌはキッと亜弥を睨んだ。

「んまあ！　それじゃあ、あたくしの食事は？」

ハンナが笑顔で、任せてと言うように、ぽんと自分の胸を叩いた。

「もちろん、メイド頭で料理担当のあたしが作ります」

「ハンナが作った料理は、アヤさんたちと比べると、いまいちなのよ！」

唇を尖らせるゾフィーヌに、ハンナが笑った。

「それは仕方がないと以前から申し上げているでしょう？　アヤ嬢とユーマさんは料理のプロなんですから」

「でもねハンナ、二日もあなたの料理を食べるなんて、急にそんなことを言われても」

「アヤ嬢はちゃんと前もって休養日に王都へ行き、一泊すると話してくれてましたよ。ゾフィーヌ様は食事を三階で食べられているので、聞いてなかったようですが。そろそろ一緒に食べたらどうですか？」

「なっ……あり得ませんわ！」

渋面になりつつも、ハンナが切ないような表情を浮かべるのを見て、ゾフィーヌはぐっと言葉を呑み込んだ。

もうすぐ悠真は、王都で暮らすようになり、東の都に残る亜弥と離れてしまう。

それまでこうして二人で出かけるのはとても貴重な時間だったし、王都で悠真が安全に暮らせるように、二号店のことや二階の住居のこと、新しい給仕の人のことなど、できることを手伝いたいと思っている。

「アヤさん！　ちょっと聞くけど！」

ゾフィーヌが眉を跳ね上げて尋ねてきた。

「そのノルトンというパン屋は安全なんでしょうね？　ユーマさんは鈍感なところがあるから、アヤさんに変な男が言い寄らないように気をつけなさいよ！」

「大丈夫です、ゾフィーヌさん。心配してくれて、ありがとうございます」

感謝の気持ちで一礼する亜弥に、ゾフィーヌの丸い顔がみるみる真っ赤に染まる。

「誰が心配しているんですか！　ぼーっとした姉弟だから騙されないように気をつけろと言っただけですよ！」

ドスドスと足音を響かせて部屋を出て、螺旋階段を上がっていく。

「……ゾフィーヌさんは、ノルトンパン屋で一体何が起こると思っているのだろう」

つぶやいた悠真が小さくため息をつく。

「亜弥、ユーマくん、母が失礼な言い方をしてすまない」

レイオーンの謝罪に、亜弥と悠真は「いいえ」と首を横に振った。

「心配してくれているとわかっていますから」

亜弥の言葉にレイオーンが目を細めて頷いた。

「亜弥、ユーマくん。二人とも気をつけて王都へ行って来てくれ。それからノルトンさんにもよろしくと伝えしてほしい」

レイオーンの優しい声音に、姉弟は「はい！」と元気よく返事を返した。

2

出発前に、辻馬車の中で食べるお弁当を作ろうと思い、亜弥は日が昇る前に起きた。

辻馬車の休憩所で砂糖がこれでもかと入ったカロリー過多のパンと、野菜が半煮えの塩味だけのスープが、結構高い値段で売られていて、一度食べてからは、自分たちでお弁当を作るようになったのだ。

「姉さん、おはよう。お弁当は何にする？」

悠真も起きてきて、手早くエプロンをつけて腕まくりをする。

「早く作れて、片手で食べられるホットサンドはどうかな」

「いいね！　それじゃあ僕は、ノルトン一家に持っていくお土産のお菓子を作るよ。そうだな、短時間で作れるフルーツパウンドケーキにしよう」

これから調理開始という合図に、亜弥と悠真はパチンと音を立ててハイタッチを交わす。

ふいに、あと少しで悠真とハイタッチできなくなるのだという気持ちが湧き上がり、込み上げてくる寂寥を振り払うように、亜弥は食材庫から運んできたリュフパンを手に取った。

食パンに似た形のリュフパンを薄く切り分け、キャベツを千切りにして水にさらし、パンが水っぽくならないよう水気をしっかり切る。鶏肉は焼いて甘く味付けして取り出しておき、ボウルに卵を割り入れ、牛乳と塩コショウを入れて混ぜ合わた。

フライパンで薄いオムレツを作ると、次にリュフパンをカリッと狐色《きつねいろ》に焼き、材料を間にはさんで上に重しを置いてさらに焼き色をつけると、食べやすいようにカットする。

皆の朝食の分も、多目に作っておく。その中の半分を紙の箱に詰めると、悠真に声をかける。

「ホットサンド、できたよ。フルーツパウンドケーキを手伝うわ」

「うん、姉さん。ラズベリージャムができたところだよ」

よし、と亜弥は手を打って、生地を作る。塩とバター、そして代用品のオリーブオイルを混ぜ、砂糖と卵を分けながら加えてさらに混ぜ合わせ、小麦粉を加えて生地ができた。

そこへラズベリージャムとすり下ろしたレモンと蜂蜜、小さく切ったマロンを加えて混ぜ、オイルを薄く塗った容器へ流し入れる。妖石エネルギーで予熱していたオーブンに入れると、じきに香ばしく甘い香りが漂よってきた。

「いい匂い……」

お菓子が焼き上がる甘い香りにうっとりしながら、亜弥と悠真は時間がないので、それぞれ身支度を整え、一泊する用意をバッグに詰めた。

その間に、フルーツパウンドケーキがきれいに焼き上がり、半分を小箱に入れ、もう半分は皆で食べてほしいと手紙を添えて、ホットサンドと一緒に、食堂のテーブルの上に並べて置いた。

まだ朝早いので、邸の中は静まり返っている。亜弥と悠真はそれぞれ荷物を持ち、静かに邸を出ると、辻馬車乗り場まで歩いた。

日が差さない早朝はまだ気温が低いので、亜弥と悠真は厚手のコートを羽織っている。

冷たい風が頬を撫でて、姉弟の黒髪を揺らしていく。

じきに大通りの辻馬車乗り場に着くと、御者に王都の主要商店街まで、と伝えて料金を先に支払い、乗り込んだ。じきにガタゴトと揺れながら馬車がスピードを上げ、王都へと向かう。

いつもより早く起きた亜弥は、悠真と会話しながら、いつの間にかうとうと寝入ってしまった。

「姉さん、休憩所に着いたよ」

すっかり熟睡していた亜弥は、悠真に揺り起こされて、目を擦る。

「あ……寝ちゃった。ん……暑いね……」

「姉さん、顔が真っ赤で汗をかいている。大丈夫？」

汗をかいて目を覚ました亜弥は、着ていたコートを悠真が脱がせてくれ、畳んで座席に置いてくれたことに気づいた。

「ありがとう、悠真。……ここはどこら辺？」

「王都の入口だよ」

「そんなところまで来たの？」

馬車の小窓を開けると、昼前の緋色の太陽がさんさんと輝き、熱を帯びた風がゆっくり入って気持ちがいい。

「お客さん、お腹が空いたでしょう。休憩所に行きましょう」

御者が馬車の入口を開け、足置きを置いてくれた。

「どうも、ありが……きゃっ」

寝起きで頭がぼうっとしていた亜弥は、足置きを踏み外し、落ちるようにして地面にしゃがみ込んだ。御者が驚いている。

「姉さん！」

心配した悠真が馬車から飛び降り、亜弥を引っ張って立たせてくれた。

「足は？　くじいてない？」

「うん、大丈夫」

どこも痛くなかったので安心したが、びっくりして鼓動がドキドキと速まっている。

「どうぞ気をつけてくださいね」

御者は目尻を下げて笑い、休息所に隣接されている小屋の中から繊維質の多いロロシュという草と、水を用意して馬の前に置いてやる。

「よかったら、一緒にお弁当を食べませんか？」

亜弥が声をかけると、御者は「えっ」と目を丸くした。

「よろしいのですか？　本当に？　それは助かります」

休憩所で販売している砂糖じゃりじゃりパンと半煮えスープは、値段が高いので、御者はうれしそうに、大きな木のそばにあるベンチを指差した。

「あそこがいいですね。木陰《こかげ》になって涼しそうですので。あのベンチで食べましょうか」

休憩所の中の貯水桶から水を汲んで手を洗い、売店でルーナ茶を三個買って、外のベンチに亜弥と悠真と御者と並んで座った。

バッグから朝作ったホットサンドが入った紙の箱を取り出して開けると、御者が珍しそうに覗き込み、「おお……」と声を上げた。

「これは……パンですか？　なんともいい匂いがしますなぁ」

「ホットサンドといいます。中にキャベツ《ゼフノース》と鶏肉と卵が入っています。どうぞ」

箱を差し出すと、御者は興味津々という表情でひとつ手に取った。

「ありがとうございます。それでは、いただきます」

サクッと音を立て、ホットサンドにかぶりついた御者が目を丸くした。

「ん――これは」

言葉が途切れ、咀嚼するのがもどかしいというようにホットサンドを口へ運び、あっという間に食べてしまった。

「美味しいですね！　すみません、もうひとつ」

「はい、どうぞ。たくさん作ってきましたので」

亜弥と悠真は、笑顔で顔を見合わせ、各々ホットサンドに手を伸ばした。

お腹が空いていた亜弥も、一息に口元へ持っていく。焼いたパンの香ばしい匂いがして、かぶりつくとカリカリに焼けたパンの食感と甘味が口の中に広がった。

甘ダレをつけた鶏肉のとろけるような肉汁の旨味が舌の上で弾け、濃厚な卵の風味とあっさりしたキャベツが混ざることで、ホットサンドをさらに豊かな味へと引き上げていく。

（うん、うん）

亜弥はうれしそうに心の中で頷く。

「――美味しいね、姉さん」

悠真もベンチに背を預け、四個目を食べている。亜弥も三個食べた。

「もうひとつだけ……すみません」

　御者が恐縮しながら、六個目に手を伸ばし、亜弥が笑顔で「どうぞ」と答えると、目を細めて勢いよくホットサンドにかぶりつく。

　ルーナ茶を飲んで休憩が終わると、辻馬車は王都の主要商店街へ向けて走り出した。

　お昼過ぎにようやく、王都主要商店街の辻馬車乗り場へ到着すると、御者は亜弥と悠真に改めてお弁当のお礼を言った。

「あんな美味しいパンは初めて食べました。お二人は黒髪……もしかすると、美味しいと有名な東の都のレストランのシェフじゃないですか？」

　亜弥と悠真が小さく頷くと、御者は「やっぱり！」とうれしそうに叫んだ。

「道理でお弁当が美味しかったはずだ。あなた方二人が、あの有名なレストランのシェフだったのですね！」

　満面の笑みを浮かべ、御者が亜弥と悠真の手を握り、興奮したまま、その手を大きく振り回す。

　亜弥は苦笑しながら、「来月には、王都に二号店ができる予定なんです」と言った。

「おお、それはうれしい！　わしもぜひ、寄らせてもらいます！　東の都と王都……ああ、楽しみです」

「ありがとうございます。ぜひ、食べに来てください」

手を振って御者と別れると、亜弥と悠真は大勢のお客で賑わっている、王都主要商店街を歩いて行く。

その中の老舗《しにせ》の金物店に入ると、主人が笑顔で「アヤさん、ユーマさん、いらっしゃい」と迎えてくれた。

彼は鍵を手に取ると、金物を並べている若い男性の従業員に「出かけてくるよ」と言い置いて、亜弥たちをレストランかのん王都二号店へ案内してくれた。

「改装工事は順調に進んでいます。どうぞごらんください」

鍵を開けて中に入ると、「わぁ」と、亜弥は思わず声を上げた。

厨房と木製の対面式カウンターが作られていて、三週間前は鞄店だった店内が、レストランらしい雰囲気に変わっていたのだ。

悠真は目をまたたかせ、ゆっくり店内を見回すと、金物店の主人の方を向いた。

「ありがとうございます。三週間でここまで工事を進めていただけると思っていませんでした」

金物店の主人は口角を上げて微笑み、バシッと悠真の背中を強く叩いた。

「痛……」

金物店の主人は、悠真より頭ふたつ分ほど背が低いが、刃物を取り扱っているせいか腕が太くて、力が半端《はんぱ》なくあるようだ。

「よろこんでもらえてよかったです。王都の主要商店街のメンバーが本気で取り掛かったら、どこよりも仕事が早いんですよ。このあと壁と天井を塗り替えて、調理器具や調理台を搬入していきます。椅子やテーブルも、家具職人が急ピッチで作っていますので」

これなら、予定通り二か月後のオープンに十分間に合いそうだ。

二階の住居部分も見させてもらうと、こちらも内装工事の途中だった。

「どうです、二階は三部屋もありますから、いつでもお嫁さんを迎えられますよ。ユーマさん！」

金物店の主人がそう言って悠真の背中をバシバシ叩いている。

「いえ、僕はまだ……痛いです」

「ユーマさんはそれだけ見目《みめ》がよかったら、恋人がたくさんいるはず……おお、そうだ。給仕担当の人をひとり、見つけてほしいと言ってましたね」

「見つかったんですか？」

身を乗り出すようにした亜弥と悠真に、金物店の主人は笑顔で頷いた。

「商店街の掲示板に張り出したところ、タイガくんという二十代後半の男性が申し込んできました。この主要商店街から奥へ入ったところに旧商店街が何通りかあるのですが、その中のフィガス通りにある、酒場タイガという店の旦那さんです」

亜弥はあっと声を漏らした。

フィガス通りの酒場タイガは、亜弥がかつてポークジンジャーなどの料理のレシピを教えた店だ。

「悠真、その酒場タイガの店主は、私の知り合いのモナさんなの。タイガさんも、私の退院祝いの席で会ったことがあるわ」

悠真は顎に手を当てて、小さく首を捻っている。

「モナさんはお会いしたことがあるけど、僕は酒場タイガに行ったことはないし、タイガさんという人のことも覚えてないな……」

「後で行ってみようよ。フィガス通りはノルトンパン屋がある通りだから、あとで寄るつもりだったの。私、モナさんに会いたいし」

悠真は小さく頷き、金物店の主人へ顔を向けた。

「申し込んでくれた人は、他にいらっしゃいませんか？」

その問いに、金物店の主人は肩を落とし、理由を説明した。

「ええ——レストランかのんの偽店に騙された王都の人々は、今回もまた偽店じゃないかと不安に思っているようなんです」

騙された王都の人々の気持ちを考えるとなんとも言えず、亜弥はふとニクラス氏が王都で二号店を出してほしいと言ってきた気持ちがわかった。

（きっとニクラスさんは、騙されて傷ついた王都の人々の心を、料理で癒して元気にした

いと思っているんだわ）

「あとで、酒場タイガに行って、タイガさんに話を聞いてみよう、悠真」

「そうだね。開店までひと月と少ししかない」

二人は金物店の主人にお礼を言うと、改装工事中のレストランかのん二号店を後にして、フィガス通りに向かって歩き出した。

3

古い石造りの建物が続く中、ノルトンパン屋が見えてきた。

一階はパン屋、二階が住居という作りは主要商店街と同じで、扉を開けるとパンの香ばしい匂いに包まれる。

大きなショーケースの中にたくさんのパンが並んでいて、その中でも目を引くのは、亜弥がノルトン氏にレシピを教えた、ほうれん草とベーコンのキッシュとオレンジパンプディングだ。

ほうれん草とベーコンのキッシュは、均等に伸ばしたリュフパンの上に炒めた野菜とベーコンを彩りよく並べ、チーズをのせてオーブンで焼いたもので、栄養価が高く、おかずにもなるキッシュだ。

オレンジパンプディングは、リュフパンを使ったお菓子で、牛乳と卵と砂糖とバターに浸したリュフパンをオレンジを敷き詰めた中に流し入れ、メープルシロップをたっぷりかけている。

パンを並べていた女性が振り返った。

「いらっしゃいま……まあ、ユーマさん、アヤさん、早かったのね」

ノルトン氏の妻、グレースが笑顔になった。

こちらに宿泊させてもらうことは、前もって手紙で依頼していたが、こうして実際に会うのは二か月ぶりだ。

グレースはすぐに、奥の調理場のドアを開け、弾んだ声で夫を呼ぶ。

「あなた！　ユーマさんとアヤさんが！」

「おう、来たか」

捏《こ》ねていたパン生地を置いて、髭をはやした体格のよい男性――ノルトン氏が顔を出し、「ユーマ！」と叫んで悠真を抱きしめた。

「元気そうだな、ユーマ。王都二号店の工事はかなり早いぞ。毎日見に行っている。いよいよ来月にはオープンするんだな」

感慨深そうなノルトン氏に、悠真は笑顔で頷いた。

「僕と姉さんも、先ほど店舗を見てきました」

ハッと顔を上げたノルトン氏が亜弥に気づいて「アヤさん！」と抱きしめようとしたが、グレースの鋭い声に止められた。

「あなた！　いい加減にしてください。アヤさんのような若い娘に抱きつこうなんて、恥ずかしくないんですか」

「何を言ってる。親愛の気持ちで……」

「抱きつくなと言ってるんです！　先日のことも、きちんと説明してもらっていないのに、これ以上怒らせないで！」

グレースの怒鳴り声に、その場の空気が一気に緊張し、恐ろしいものへ変わる。

ノルトン夫妻の夫婦喧嘩はすごい迫力で、以前『酒場タイガ』に入り浸る夫の浮気を疑ったグレースが激昂し、離婚の危機に陥ったことがあった。

その時ノルトン氏は、二人で酒場へ行こうと妻を誘い、浮気しているという誤解も解けて、夫婦は絆を取り戻したはずだが、また険悪な雰囲気になっているのはどうしたことか。

ちらりとノルトン氏を見ると、額に汗をかいて視線を泳がせている。

悠真が形のよい眉を下げ、「フリーゼとネリーは？」と、話題を変えた。

ほっとしたようにノルトン氏が笑顔になる。

「子供たちは二人とも学校だよ」

五歳になったネリーは学院の初等部、十四歳のフリーゼは中等部へ、それぞれ週に四日

ほど通っているらしい
「二人とも、もうそろそろ帰ってくる頃だよ」

「ノルトンさん、顔に引っかき傷がありますが、怪我をしたんですか？」

心配そうな悠真の指摘に、ノルトン氏はハッと顔を伏せた。

「い、いや、別に。大丈……」

黙ったまま腕を組んで夫を睨んでいたグレースが、容赦のない声を浴びせる。

「それは自業自得でしょう。まったく、あなたは毎回、毎回……！　父親としての自覚も責任も感じないんですか。いい加減にしてください！」

「グレースさん、一体どうしたんですか？」

亜弥が間に割って入る。どうやら、ノルトン氏の顔を引っ掻いたのはグレースらしい。

「この人、また浮気してるのよ！　デブのくせに！　この大バカ！」

般若《はんにゃ》の形相になったグレースが、店内に飾ってあった植木鉢を手で床に投げつけた。バリンと耳触りな音が響き、床に土が散らばる。

「やめないか、グレース。せっかくユーマたちが来ている時に、みっともない」

落ち着いているノルトン氏の様子に、グレースはさらに苛立ってしまう。

「みっともないですって!?　誰のせいよ！　信じていたのにっ。あのダークエルフ族の絵描き女と出会って、すっかり腑《ふ》抜《ぬ》けになってえぇ」

いきなりグレースが身を低くして夫に飛びかかった。容赦ない平手打ちがノルトン氏の顔面を捕え、パシーンと小気味のよい音が響く。

ノルトン氏はそのまま後ろへ倒れ込んでしまった。

あまりのグレースの激昂に、居合わせた亜弥と悠真も震え上がる。

「お、落ち着け、グレース」

叩かれて赤くなった頬を押さえ、よろよろと立ち上がったノルトン氏があわてて言い訳を口にする。

「だから誤解だって。昨夜も話しただろう？　アンジェリカさんとわしは、そんなんじゃないって……」

「だったら、なんで夜中にあの女の家にいたのよ！　なかなか帰ってこないから心配して、酒場タイガのモナさんに聞いたら、あなたがコソコソと画家の女と一緒に店を出て行ったって。その時のあたしの気持ちがわかる？」

ガシャーンと大きな音がして、グレースがその辺にあったお盆を夫に次々と投げつけ、その場が一気に修羅場となった。

「あの、グレースさん、ちょっと待ってくだ……」

亜弥と悠真はあわてて夫婦を止めようとするが、グレースの怒りは収まらない。

「まさかと思って、すぐに画家の女の家に行ったら、あなたがあの女と二人きりで！　夜明けまでいったい何をしていたのよっ!」

「だ、だから、それは、ただ、アンジェリカさんの相談に乗っていただけだと……」

「真夜中に女の家で二人きりで、一体何の相談よ! いい加減にしてっ! もう離婚よ!!」

叫んだグレースがノルトン氏の反対の頬を、渾身の力を込めて平手打ちした。

「うわあっ」

ひっくり返ったノルトン氏の顔が、真っ赤に腫れて痛々しい。

「これは、あたしの心の痛みよ!」

今度は夫の体を手加減なしにポカポカ叩き始める。

「いた、痛い、や、止めてくれ」

涙目になったノルトン氏を一瞥《いちべつ》し、グレースはようやく溜飲が下がったようで、暴れるのを止めた。

(どうしたんだろう。前の時は、ノルトン氏が酒場タイガから朝帰りをしたことで、店長のモナさんと浮気をしていると誤解して……。今度は別の女性と……?)

個人の家に上がり込み、明け方まで二人でいるのはアウトだろう。グレースが怒って離婚だと騒いでも仕方がない気がする。

亜弥がそっと悠真の方を見ると、かばいようもなく、口元を引き締めてノルトン氏を見つめていた。

その時――。

「あらまあ、ずいぶん散らかっているのね」

くすくすと笑いながら、ダークエルフ族の女性が入ってきた。年は三十歳くらいだろうか。褐色の肌と長い紫色の髪をしたスタイルのよい女性で、彼女を見た途端、グレースの顔が強張《こわば》った。

その様子から、この人がノルトン氏の浮気相手のアンジェリカだと亜弥は察した。

「何しに来たんですか！」

帰れと言わんばかりのグレースの口調に、アンジェリカがおかしそうに声を上げて笑う。

「何って、パンを買いにきたのよ。ここ、パン屋でしょう？　ねえ、ノルトンさん」

アンジェリカは足早にノルトン氏へ近づくと、腕を絡めた。

「ア、アンジェリカさん……」

戸惑うように瞳を揺らしているノルトン氏は、グレースの方を気にしているものの、彼女の腕を払いのけようとはしない。

「ねえ、ノルトンさん、今夜もあたしの家に来て。話を聞いてほしいの」

甘えるようなアンジェリカを見つめ、ノルトン氏は固まったままだ。

（ちゃんと、行かないって断って、ノルトンさん）

亜弥は心の中で叫ぶ。しかし、彼はばつが悪そうな表情を浮かべて黙っている。

「それじゃあ、明後日の夜はどうかしら？」

「その、すまないが、今夜は無理なんだ」

ノルトン氏はアンジェリカの方を向くと、眉を下げた。

「あ、ああ、それは困る……」

あんなに傷ついて怒っているのに。本当に離婚することになりますよ」

「ノルトンさん、無理かも、じゃないですよ。ちゃんと断ってください。グレースさんが
ぼそぼそとつぶやくノルトン氏に、亜弥はやきもきしてしまう。たまらず口をはさんだ。

「その……妻があああいう状態なので、今夜は無理かも……その」

妖艶に微笑んだアンジェリカに、ノルトン氏はコクリと喉を鳴らした。

「それじゃあ、ノルトンさん、今夜も、お待ちしていますね」

取る。

ノルトン氏は持ち帰り用の小箱にほうれん草とベーコンのキッシュを入れ、料金を受け
「は、はい」

アンジェリカはほうれん草とベーコンのキッシュを指差した。

「ふふ……それじゃあ、このパンをいただくわ。そうね、三つ」

グレースは部屋を飛び出し、階段を駆け上がった。

「――勝手にしたら！」

アンジェリカの言葉に、ノルトン氏は小さく頷いてしまう。

「ノルトンさん！」

亜弥が叫ぶと、アンジェリカが声を上げて笑った。

「それじゃあ、お待ちしてますね、ノルトンさん」

パン屋を出て行くアンジェリカの後を思わず亜弥は追っていた。

運動神経がいいと言われる、狩猟民族のダークエルフ族だけあり、アンジェリカは歩くのが早い。

「待ってください！」

亜弥は全力疾走で駆け寄り、自分より長身のアンジェリカの腕を掴んだ。

「あら、パン屋さんにいた可愛いお嬢さん。黒髪なんて本当に珍しいわ。触ってもいいかしら」

「……お話があります」

「まあ、怖い顔。あたしに何の用かしら？」

亜弥は息を整えながら、アンジェリカを真っ直ぐに見つめて言う。

「ノルトンさんとグレースさんは喧嘩もするけど、ずっと一緒にパン屋さんを続けてきた、仲の良い夫婦です。十四歳と五歳の女の子もいます。それなのに、仲を引っ掻き回すようなことをしないでください！」

アンジェリカは冷やかな目を亜弥へ向ける。

「――あなたには関係ないでしょう」

「関係ありますよ！　ノルトンさん一家は弟と私にとって、家族のようなものですから」

強い口調で睨みつける亜弥に、アンジェリカはなぜかうれしそうに表情をほころばせ、ふっと目を細めた。

「あなた、目の色も黒いのね。珍しい色だけど、澄んだきれいな目をしている。ハーブで髪の色を染めないところも潔《いさぎよ》くて気に入ったわ」

「……そんなことより、ノルトンさんの家族を……これ以上、壊さないでください」

真摯に言い募る亜弥に、アンジェリカは苦笑した。

「ノルトンさんには、絵のモデルになってもらっているの。それだけよ」

「え、モデル？」

どういうことだろう。嘘をついているんじゃないかと眉根を寄せる亜弥に、アンジェリカが説明を足す。

「ダークエルフは狩猟民族として知られているけれど、芸術家も結構多いのよ。あたしは画家よ。ノルトンさんとは酒場タイガで知り合って、絵のイメージにぴったりだったから家に来てモデルになってもらっていたの。ちゃんとモデル料も払っているのよ」

アンジェリカは亜弥から目を逸らすことなく、そう答えた。嘘をついているようには思えない。

「ノルトンさんが絵のモデルを……」

腑に落ちない亜弥がつぶやくと、アンジェリカはくすくすとおかしそうに笑った。

「あたし動物の絵を描いているの。ノルトンさんは熊《くま》のイメージにぴったりだから、魚を咥《くわ》えてポーズをとってもらっているの」

確かに、ノルトン氏は体格がよく、顔にぐるりと髭《ひげ》を生やしているので熊に似ている。

思わず亜弥も小さく笑ったが、グレースの怒髪天《どはってん》を突く怒りを思い出し、眉を曇らせる。

「グレースさんがあんなに怒っているのに、ノルトンさんはなぜ、絵のモデルのことを説明しないのかしら」

「それは秘密にしておきたいのよ。ノルトンさん、絵のモデル代で、奥さんにプレゼントを贈りたいと言ってたから」

「プレゼント？」

「もうすぐ十五回目の結婚記念日なんですって。それにこの頃、夫婦関係がマンネリ化しているってこぼしていたから、少しは嫉妬させなきゃダメって、あたしがアドバイスしてあげたの」

バチンとウインクして、アンジェリカはいたずらっぽく微笑む。

グレースに嫉妬させるために、来店した時、ノルトン氏に言い寄る振りをしたらしい。

「そうだったんですか」

ようやく納得した亜弥に、アンジェリカは頷いて緋色の太陽が出ている空を見上げた。

「ダークエルフ族は男女関係にルーズだって、この国では昔から噂されているけれど、そんなことはないんだけどね」

どこか寂寥《せきりょう》を湛《たた》えたアンジェリカの横顔がグレイと重なる。

（グレイさんも、ダークエルフ族への偏見《へんけん》で、辛い思いをたくさんしてきた。アンジェリカさんも……？）

「──あなた、もしかして『レストランかのん』の店長さん？」

突然アンジェリカに言い当てられて、亜弥は驚いた。

「はい、そうです」

「やっぱり。黒髪って珍しいから。二号店が主要商店街にオープンするんですってね。……少し前に偽店が現れたから、王都の人々は皆半信半疑だけど。今度は本物のようね。楽しみだわ」

そう言うと、アンジェリカは笑顔で片手を差し出した。亜弥もその手を握り返す。

手が離れると、彼女はひらひらと優雅に手を振り、帰って行った。

背中を見送った亜弥は、ノルトン家に急いで戻った。修羅場が続いているかもと心配していたが、グレースは落ち着いていて、ノルトン氏と悠真の三人で床に散らかったものをきれいに片付けていた。

　亜弥に気づいたグレースが、うれしそうに報告してくれる。

「アヤさん、聞いて！　この人ったら、結婚記念日のプレゼントのために、アンジェリカさんの絵のモデルをしていたんですよ……！」

　どうやら、ノルトン氏が正直に話したようだ。よかったと安堵して、悠真の方を見ると、彼も穏やかな笑みを浮かべている。

「ただいま」

「たらいまぁ」

　可愛い声が聞こえて、青色の鞄を肩にかけたフリーゼと、水色の鞄を背負ったネリーが学院から帰ってきた。

　姉妹はノルトン氏と同じ、ふわふわとやわらかな赤色の髪をお下げにして、小ざっぱりしたワンピースを着ている。

「おかえりなさい！」

　グレースとノルトン氏、そして亜弥と悠真の元気な声が重なる。

「わぁ、ユーマたん！　アヤ姉たん！」

　五歳のネリーが亜弥と悠真の方へ真っ直ぐ走ってきて、両手で二人の足にぎゅっとしがみついた。

「久しぶりだね、ネリー。少し見ないうちに大きくなって。初等部に入学したんだね」

悠真が優しくネリーの赤毛を撫で、フリーゼの方を見た。

これまでのフリーゼなら、ネリーと同じように悠真に抱きついていた。それがいつ頃からか、意識して悠真と距離を置くようになっている。

「ユ、ユーマさん、アヤさん、いらっしゃい」

そう言ったフリーゼの眼差しは悠真に固定され、頭上から蒸気を出すほどに、顔を火照らせた。

この前ゾフィーヌから、フリーゼの気持ちを聞いたはずだが、どうやら本気にしていないようで、悠真は妹を見るような眼差しを向けて微笑んでいる。

「この前は、わざわざ東の都まで食べに来てくれてありがとう、フリーゼ」

足にしがみついているネリーをそっと離し、悠真がフリーゼに近づくと、彼女は耳まで真っ赤になって、よほど緊張しているのか、目をぐるぐる回しはじめた。

「い、いいえ……あの、あの……っ」

何か懸命に言おうとするフリーゼに、亜弥は（頑張って）と心の中で応援する。

「あの、ユーマさん。王都二号店ができたら……」

「うん？」

「あ、あたし、ユーマさんの手伝いに行っても、いいですかっ」

震える手を握りしめ、フリーゼが懸命に言葉を続ける。

「が、学院はお昼過ぎには終わるから……時々でいいので、レストランかのん二号店の、お、お手伝いをしたいんです」

悠真は軽く瞠目し、ゆっくり頷いた。

「もちろん。助かるよ。ありがとう、フリーゼ」

ポンとフリーゼの頭に手を置こうとして、彼女の沸騰《ふっとう》しそうなほど赤く染まった顔と耳に気づき、悠真はそっと手を引っ込めた。

「あたちも、レストランかのんのおてつだい、するー」

ネリーが元気よく言う。やわらかな風が細く開いた窓から入ってきて、いつの間にか茜色へと空の色が塗り替わっていた。

「そうだ、お土産があるの」

亜弥はバッグからフルーツパウンドケーキが入った紙の箱を取り出し、グレースに手渡した。

「まあ、甘くていい香り。さっそく二階でいただきましょう」

「わぁ、あたちいっぱいたべるー」

「理由はわかったけど、女の人の家で二人きりだったのは許せないわ。あなたはお店番ね！　ネリーもフリーゼも、ちゃんと手を洗って」

はーい、と赤毛の姉妹が明るく応え、皆がぱたぱたと二階へ上がるのを見て、ノルトン氏が泣きそうな顔で悠真を呼んだ。

「ユーマ、わしの分を取っておいてくれ」

「もちろんです。安心してください」

笑顔で親指を立てた悠真に、ノルトン氏はほっと表情を緩めた。

ノルトン家の二階は夫婦の部屋と子供部屋がふたつ、それからキッチンと食堂がある。

白木《しらき》のダイニングテーブルが置かれた食堂に集まると、グレースがルーナ茶を淹れてくれ、亜弥はフルーツパウンドケーキを切り分けた。ノルトン氏の分を取り置き、皆でいただく。

「わぁ、いいにおい。あたちのすきな、ラズベリーがいっぱい。うれしぃー」

ネリーがごくりと喉を鳴らし、フォークを握りしめ、ぱくりと頬張る。

やわらかく口の中でほどけていくパウンドケーキの甘味と共に、ラズベリージャムの甘酸っぱい旨味とレモンと蜂蜜が混ざり合う。

「うわぁ、すごくおいしい！」

うっとりしているネリーの隣で、フリーゼも目を輝かせてフォークを手に取った。

「あたしも、ラズベリー、好きなんです」

香ばしい匂いを堪能しながら咀嚼すると、生地の甘味をラズベリージャムの酸味が引き立て、胃の中へ落ちていく。すぐに口の中から消えたフルーツパウンドケーキの食感が惜しくなって、グレースもフリーゼもネリーも、フォークを動かして休みなく口元へ運び、夢中で頬張った。

「やっぱりアヤさんとユーマさんの作るお菓子は格別だわ。二号店ができる日が本当に楽しみ」

皆が美味しそうに食べる様子を見て、亜弥と悠真は笑顔で頷き合い、それぞれフルーツパウンドケーキを食べ終えたのだった。

第六話　酒場タイガとノルトン一家のミートボール

空が茜色と金色に染まると気温が下がりはじめ、酒場以外の店が閉まる。

フィガス通りのノルトンパン屋も、夕方までの営業だ。

亜弥と悠真は、王都二号店の新しい給仕係についてノルトン夫妻に相談してみた。

「そうか、タイガくんか……。いい子だよ。王都二号店はユーマが店長だし、若い女性より男同士の方がいいかもしれないなぁ」

「そうね、タイガくんは明るくて話し好きだから、給仕に向いているわ」

ノルトン氏とグレースの意見に頷きながら、亜弥はふと疑問に思った。

(でも、酒場のほうはいいのかしら)

詳しいことを確認してこようと、亜弥と悠真はそれぞれ持って来たコートを手に持った。

「少しだけ、酒場タイガへ行って、話をしてきます。戻ったら夕食を作りますので、待っていてください」

　亜弥の言葉に、ノルトンさんがあわてて立ち上がる。

「ユーマとアヤさんが酒場に行くなら、わしも一緒に行きたい。店も閉めたし、ぜひ……」

言いかけたノルトン氏を、グレースの「はぁっ？」という不機嫌な声が制した。

「アヤさんとユーマさんは、王都二号店について、タイガさんと話をしに行くんです。あなたが飲みに行って、邪魔をしてどうするんですかっ」

　ノルトン氏は小声で食い下がる。

「邪魔しないよ。わしも隣で、話を聞くだけ……わしにとってユーマは息子も同然だし」

「あなた！　今夜はアヤさんとユーマさんが家へ泊まってくれるんですよ！　帰ってから話を聞けばいいでしょう！　それから、アンジェリカさんのところへ絵のモデルをしに行く時も、今度からあたしにちゃんと言ってくださいね！」

　有無を言わせない口調で畳みかける妻に、ノルトン氏はすごすごと頷くしかできない。

「わかったよ……。ユーマ、アヤさん、気をつけて行っておいで」

「はい、行ってきます」

　ノルトンパン屋から酒場タイガまでは、同じフィガス通りにあるので、歩いて行ける距離だ。亜弥と悠真は月光と街灯で明るい夜のフィガス通りを歩いて行く。じきに『酒場タイガ』と看板が上がっている、古い石造りの店に着いた。

「こんばんは」

声をかけて店内へ入ると、二人用のテーブル席が横に並んだ店内は、壁と天井がクリーム色に塗り替えられていて、以前来た時の暗い雰囲気が払拭されている。

時間的に開店したばかりだと思うが、半分ほどの席がお客で埋まっていて、亜弥はほっと胸をなで下ろした。

(よかった。流行《はや》っているみたい……)

ふと横を見ると、数か月前に教えた三品が、お勧めメニューとして壁に貼られている。この店に入った時から、美味しそうな匂いが漂っていた。

(モナさん、ちゃんと作ってくれているのね……)

亜弥はうれしく思いながら、なつかしく思い出した。

この店の看板メニュー『ポークジンジャー』は、スライスした豚肉を、独特の甘辛いタレに漬け込んで、ジュワジュワと焼き上げた黄金色の肉料理で、付け合わせの人参とキャベツの彩りも美しい一品だ。

そして『フライドチキン』は擦りおろし生姜やニンニクに漬け込んだ鶏肉を二度揚げし、表面がパリッとして中がとてもやわらかく、香ばしい。

そして、エノーアというレタスに似た長楕円《ながだえん》の葉を使った『シーザーサラダ』は、リュフパンを焼いてカリカリにしたクルトンをたっぷり散らし、オリーブオイル、レモン汁、ニンニク、塩コショウを混ぜて作ったドレッシングをかけ、黒コショウで仕上げたサラダだ。

　厨房は対面式になっており、その中で調理しているのは、銀髪を後ろでひとつにまとめた色白の女性――酒場タイガの店長をしているモナだ。

「いらっしゃ……えっ……まあ、アヤさん！」

　顔を上げたモナは、亜弥に気づいて手に持っていた包丁を落としそうになった。

「こんばんは、モナさん。お客さんで賑わって、お店も明るくなって、とても素敵です」

　うれしくて思わずつぶやくと、モナは花が綻ぶような笑顔を浮かべ、亜弥の手を握った。

「……アヤさんのおかげです。なんとか売上も上がってきて……そうだ、主要商店街に、レストランかのん二号店がオープンするって聞きました。あたし、うれしくて……！　少し前に偽店が現れて、あの時は本当にがっかりしたけれど」

　偽店に食べに行ったモナは、シェフがまったくの別人で、ひどい料理を高い値段で出したのだと怒りを滲ませて話す。

「今度こそ、本当にレストランかのんが王都にできるって思うと、本当にうれしい……。そうだ、お酒をどうぞ。女性でも飲みやすい果物を原料にした醸造酒《じょうぞうしゅ》や、カクテルもあるの。一番人気はエールよ」

　勧めてくれるモナに亜弥は小さく首を横に振った。

「ありがとう、モナさん。今日は王都二号店のことで、タイガさんと少しだけ話をしに来たの」

　モナがあっと声を上げた。

「そう……そうなんです、タイガがレストランかのん王都二号店で働きたいと希望して……。今、裏で酒樽の片付けをしているので、すぐに戻ると思います」

　東の都祭りや亜弥の退院祝いの会にも参加してくれたモナは、悠真とも顔なじみだ。

「ユーマさん、お久しぶりです」

「ええ、モナさん。お元気そうで何よりです」

　モナが手を差し出すと、悠真も笑みを浮かべて握手を返した。

「ちょ、ちょっと！　うちの奥さんに手を出さないでください。さわるなぁ！」

　空いた酒瓶を抱えて裏口から入ってきた、焦《こ》げ茶色の髪をした二十六、七歳くらいの男が、血相を変えてモナと悠真の間に割り込んだ。

「タイガ!!」

　頬を朱色に染めたモナに怒鳴られ、タイガはびくっと肩を揺らす。

「いい加減に子供じみた焼きもちは止めて。こちら、レストランかのんのアヤさんとユーマさんよ」

「だって、イケメンが近づいたら、モナが心変わりするんじゃないかと心配で……えっ？

レストランかのん？」

「わざわざ、タイガに会いに来てくださったの」

「え……」

髪と同じ茶色の目を大きく見開いたタイガが、しばらく唖然となった。

「あ……僕、ぜひ、レストランかのんで働きたいと思って……す、すみません、立たせたままで。と、とにかく座ってください。どうぞこちらへ」

奥のテーブル席に亜弥と悠真を案内し、タイガはおしぼりを持ってきて、側に立つ。

「あの、ぼ、僕を雇ってもらえませんでしょうか」

いきなり本題に入り、がばっと頭を下げたタイガに、悠真が小さく咳払いをする。

「タイガさんも、どうぞ座ってください。今日はそのことでお話をしに来たんです」

「そ、そうですか……面接ってことですよね」

タイガはこくりと喉を鳴らし、緊張した面持ちで椅子を持ってきて、亜弥と悠真と同じテーブルに着いた。亜弥が声をかける。

「そんなに緊張しなくていいですよ」

「は、はい。あ、あの――どうか僕を採用してください。よろしくお願いします」

再び頭を下げるタイガに、悠真が膝に手を置き、静かに尋ねた。

「タイガさんはこの『酒場タイガ』があるのに、なぜレストランかのんで働きたいと思ったのですか?」

悠真の質問は亜弥も気になっていたことだ。タイガはこくりと喉を鳴らし、対面式になっている厨房の中で、忙しくしているモナを見つめた。

「少し長くなりますが、いいでしょうか」

亜弥と悠真が頷くと、タイガはぽつぽつ話し始める。

「僕とモナは、駆け落ち同然で王都に来たんです。知り合いもいなくて、なかなか職が見つからず、僕は危険だとわかっていて、モナを幸せにするため、妖木が多い北の都へ行き、妖木駆除の仕事を始めました」

この国には、妖魔という人間に害を及ぼす魔物が存在する。その一種に妖木という植物に憑依《ひょうい》したものがあり、触れた人間は高熱を出して苦しみ、発見が遅い場合は死に至ることがあるのだ。

「注意していたけど、妖木に肌を刺されてしまい、倒れたのが森の中で……。発見まで時間がかかったせいで、僕は二年もの間、意識不明で入院していたんです。モナは僕の行方を捜しながら、ひとりでこの酒場タイガを始めました」

亜弥は初めて酒場タイガに来た時のことを思い出した。彼女はお酒を飲みながら、何も言わずにいなくなったタイガを想って泣いていた。

「二年間、モナはずっと僕を探し続けていました。今だって、この酒場はモナが中心で頑張ってくれて――、酒場タイガは深夜過ぎまで営業していて、モナはとても疲れているんです。そんな時、本物のレストランかのん王都二号店ができるって聞いて……」

　ぐっと拳を握りしめたタイガの表情は、怖いくらい真剣だ。

「モナのためにも、どうしてもレストランかのんで働きたくなったんです。僕が稼げば、酒場タイガの営業時間を少しでも短くできるから……。レストランかのんは昼時だから、時間的にも重ならないし、モナから、レストランかのんのシェフは優しくていい人だと聞いていたし……。それに、あわよくば料理を教えてもらえるかもしれない……あっ、いえ、あの」

　本音を漏らしてあわてて頭を振って打ち消そうとしているタイガに、亜弥と悠真は朗らかに笑った。彼の妻を想う気持ちが伝ってきて、心の奥があたたかくなったのだ。

「すみません、ぼ、僕……レストランかのんのメニューを真似しようとか、そんな……」

　動揺しながら言い訳をするタイガに、亜弥は「わかっています」と頷いた。

　以前は、焦げた肉料理を平気で出していたモナが頑張っている。亜弥もうれしくて仕方がない。

　レストランかのんの料理は、亜弥と悠真がアレンジを加えているが、元々は日本で生まれたものだ。だからこそ、亜弥と悠真はそれらの料理がこの国の人々によろこばれ、健康に役立ててもらうことが一番うれしい。

レシピを秘密にするのではなく、教えてほしいと請われれば、よろこんで教える。それが、異世界から来た自分たちを受け入れてくれたこの国への、恩返しになると思っている。

「私たちは、お客さんに、美味しい料理を食べてもらいたいと思っています。タイガさんも同じように考えてくれますか？」

亜弥が問うと、タイガは改めて口元を引き締めた。身を屈めるようにして逡巡している。

「えと……僕は、今まであまりお客さんのことを考えてこなかった気がします……イケメンが来店してモナが笑顔を向けるだけで嫉妬して……」

ゆるゆると項垂れ、タイガは絞り出すような声で続ける。

「僕は、もっとお客さんのことを考えないといけなかったんです……」

（タイガさん、ちゃんと気づいてくれた。素直な人……）

亜弥が悠真の方を見ると、彼も姉を見ていた。姉弟はしっかりと目を合わせて頷き合う。

「タイガさん、あとひと月でレストランかのん王都二号店がオープンします。よろしくお願いしますね」

凛とした悠真の言葉に、タイガが驚いて顔を上げた。

「そ、それって、僕を雇ってくれるってことでしょうか」

タイガを真っ直ぐに見つめたまま、悠真は笑みを深めて首肯する。

「や、やった……っ」

タイガが椅子から跳ねるようにして立ち上がった。

「精一杯頑張りますので、どうぞよろしくお願いします」

厨房からその様子を見守りながら、お客からの注文を受けたり、お皿を下げたり忙しくしていたモナが、満面の笑みを浮かべて、こちらへ来た。

「ありがとうございます、アヤさん、ユーマさん……どうぞ夫をよろしくお願いします」

深いお辞儀をするモナに、タイガが「頑張るよ」と言って、ドンと自分の胸を力強く叩いた。

これでレストランかのん王都二号店の新しいスタッフが決まった。若い男性という共通点があるし、悠真とタイガは話が合いそうだ。

（よかった、本当に……）

安堵していると、近くのテーブルに座って、ひとりでフライドチキンを頬張りながら、蒸留酒を飲んでいたお客さんがこちらを向いた。緑色の髪と目、尖った耳をした、エルフ族の中年女性だ。

「お話しが聞こえてきたので、あたしからもお祝いの言葉を贈らせてくださいな。タイガくん、おめでとう」

そう言いながら歩み寄り、我が子を見守るような表情で、タイガの両手を握りしめた。

「ありがとうございます、イザベラさん。僕、頑張ります」

イザベラというエルフ族の中年女性は、握ったタイガの手を大きく振って、亜弥と悠真の方を見た。

「初めまして。あたしはイザベラ・アースといいます。お二人が、レストランかのんの本物のシェフなのですね」

モナが対面式の厨房から、身を乗り出すようにして、イザベラに説明する。

「そうなんです、イザベラさん。うちで出しているポークジンジャーとフライドチキン、シーザーサラダも、アヤさんが教えてくれたお料理なんですよ」

「まあ！　それは……早くレストランかのんへ行ってみたいです。王都の主要商店街にもできるって噂ですけど、いつ頃オープンするんです？」

イザベラの質問に、悠真が「来月の予定です」と答えた。

「それは楽しみです。お二人とも黒髪ということは、姉弟ですか？」

「ええ、姉は東の都の本店、僕が王都二号店をそれぞれ切り盛りしていく予定です」

「そうなんですか。お兄さんと妹さんかと思いました」

亜弥と悠真を交互に見つめ、イザベラがそっと瞼を拭った。

タイガが目を丸くする。

「ど、どうしたんですか、イザベラさん」

「あたし……お二人と年が近い子供がいるの。男の子と女の子で……。もう何年も会ってないけど、なんだか思い出してしまって」

しんみりとした表情になり、イザベラはお酒が入ったグラスを傾け、流し込むように一気に飲み干した。

タイガが顎に手を当て、考えながらつぶやく。

「イザベラさんのお子さんはご結婚されたんですか？　それで離れ離れに」

「いいえ、違うんです。子供たちが小さな時から、会ってなくて……離婚したから……。今はひとり暮らしをしているの。暗い話になってしまって、ごめんなさいね。モナさん、エールをもう一杯。それから、ポークジンジャーも」

「はい！　……いらっしゃいませ」

湯気が立つ店内に、お客さんが入ってくる。亜弥と悠真はお腹を空かせているだろう、ノルトン家の人々を思い出し、席を立った。

「また来ます、モナさん。タイガさんも……話ができてよかったです」

「アヤさん、ユーマさん、ありがとうございました。王都二号店、楽しみにしています」

亜弥とモナは手を握り合い、互いに笑顔で頷き合う。

（よかった。モナさんが幸せそうで）

ほっと胸をなで下ろす亜弥に、タイガが駆け寄ってきた。

「僕、頑張ります！　レストランかのんと酒場タイガを王都一のレストランと酒場になるようにと祈っています……！」

「頼りにしています、タイガさん」

笑顔を返した悠真とタイガも、がっしりと握手を交わし、酒場タイガを後にした。

フィガス通りを覆う空は、すでに紺色へと色を塗り替えていた。日が暮れはじめると気温がぐんぐん下がるので、亜弥と悠真はコートを着て、ノルトン家へと急ぐ。

「お帰りなさい」

「ただいま！　すぐに夕食を作りますね」

二階で待っていたノルトン氏とグレース、それにフリーゼとネリーへ、亜弥と悠真がそう声をかける。

「わぁい、ユーマたんとアヤ姉たんのお料理―」

ネリーがはしゃいで、ノルトン氏とフリーゼもうれしそうに目を細めている。

「お忙しいのに、夕食まで……本当に助かります」

グレースが二階の台所の奥の棚から、野菜と穀物が入った木籠と、冷蔵された肉を取り出し、パン屋で余ったパンと一緒に調理台へ置いた。

「ここにある食材をどうぞ自由に使ってください」

「ありがとうございます、グレースさん」

エプロンを受け取り、亜弥と悠真は腕まくりをした。

「姉さん、トマトがたっぷりあるね。それと挽肉《ひきにく》と青菜も」

「うん！　そうだ、ミートボールとトマトスープ、グリーンサラダはどうかしら」

「いいね、ネリーもフリーゼも、ミートボールを喜びそうだ」

亜弥と悠真はハイタッチして、早速調理しはじめる。

ミートボールは、油を熱したフライパンで、玉葱を透き通るくらいまで炒めて冷ましておき、ボウルにパン粉と牛乳、卵と挽肉を入れてよく練り、肉だねを作った。

スプーンですくい、手のひらで転がしながら丸めると、亜弥は手を止めた。

（茹《ゆ》でるのと、油で揚げるのと、フライパンで焼くのと、どの方法がいいかな）

茹でるとあっさりヘルシーだし、揚げるときれいにできる。迷って、フライパンで焼くことにする。ジュウジュウと音を立てながら転がし、焼いていく。あっという間にミートボールが出来た。お皿に盛りつけ、炒めたアスパラを添える。

「まあ……なんて手際がいいのかしら」

後ろで手伝おうとスタンバイしてくれているグレースが、大きく感嘆の息を吐き、「これくらいは手伝わせてくださいね」と、盛りつけられたお皿をダイニングテーブルへ運んでいく。

悠真は、やわらかく煮た大豆と野菜が美味しい、まろやかなトマトスープを作った。

玉葱と人参とフーシュ芋を角切りにして、大豆は竹笊にあけておき、鍋にオリーブオイルを入れて野菜を炒めた。大豆と水を加えて野菜がやわらかくなるまで煮ると、皮を湯剥《ゆむ》きし、ピューレ状になるまで煮込んだトマトを入れ、塩コショウで味を整える。

器に入れてパセリをふったら出来上がりだ。

それから、野菜を洗って食べやすい大きさにカットするだけのグリーンサラダを用意し、オリーブオイル、酢、塩コショウを混ぜて作ったイタリアンドレッシングをたっぷり作った。

「うわぁ、すごい！　短い時間で、こんな御馳走が」

フリーゼが目を輝かせ、ノルトン氏が破顔する。

「さすがユーマとアヤさんだ！　いただきます！」

丸い白木のテーブルいっぱいにお皿が並び、ノルトン一家と亜弥と悠真も一緒に、夕食を食べはじめる。

熱々でも冷めても美味しいミートボールは、子供が大好きな味で、日が暮れると気温が下がるこの国では、特にあたたかな料理が好まれる。

ネリーが口を大きく開けて、フォークでミートボールをあむっと頬張った。

「はふっ、ん、おいしい！」

花が咲いたような笑顔で、口元を汚しながら食べている。

「このソースとお肉がぴったり合って、ものすごく美味しいです」

そう言いながら、フリーゼも次々にミートボールを口へ運び、咀嚼している。

「あたしは最初に、このサラダを……」

グレースがフォークでサラダを口に入れる。レタスに似たエノーアという楕円の葉はしゃきっとした食感が特徴的で、オリーブオイルたっぷりのドレッシングと一緒に頬張ると、なんとも言えない爽やかな味がする。

「このサラダ、いくらでも食べられるわ！」

「おいグレース、このトマトスープも食べてみろ」

ノルトンさんが思わず声を上げ、スプーンをせわしなく動かしている。

煮込んだ大豆と玉葱と人参とフーシュ芋が、トマトのあっさりした甘酸っぱい風味に溶け込み、噛まずにほろほろと口の中で蕩けていく。

「ああ、体に優しい味だ」

ノルトン氏は目を閉じ、グレースもうっとりした表情で味わっている。

「あたち、おかわりしたい」

「すまん、ユーマ、アヤさん。わしも全部おかわりを」

たっぷり作ったので、皆におかわりしてもらう。亜弥と悠真もそれぞれ味わいながらいただき、ノルトン一家の食卓が幸せに包まれた。

「アヤ姉たんとユーマたんと、いっしょに寝るー。ねえたんも」

ネリーが亜弥と悠真にしがみついてきたが、フリーゼは真っ赤になって悠真の方をちらりと横目で見ると、「あたしはいいです……！」と断った。

その夜、ノルトン家のリビングに布団を敷いてもらい、ネリーを真ん中にして亜弥と悠真の三人で、ぐっすり眠った。

翌朝はぽつぽつと雨が降っていた。

雨天は馬車の速度が落ちるので、早目に東の都へ向けて出発することになり、亜弥は手早く、ノルトン家の皆が喜んでくれるような朝食を作ろうと考えた。

（そうだ、リュフパンを使って、バナナシナモントーストを作ろう）

ノルトン氏が焼いたリュフパンにバターと蜂蜜を塗り、輪切りにしたバナナを並べる。シナモンと砂糖を全体に振りかけて、妖石オーブンで焼き上げたら、甘く芳《かんば》しい香りが広がった。

「うわぁ、ものすごくいい匂いがしてますね」

ノルトン氏が目を輝かせてバナナシナモントーストを見つめている。

焼きたてのさくさく香ばしいパンと、とろとろになったバナナ、その上に甘く香るシナモンと砂糖の風味がしっとりと混ざり合う。

「よかったら、レシピを書いておきます。とても簡単ですので、ぜひ、ノルトンパン屋さんで出してみてください」

作り方を書いた紙を手渡すと、ノルトン氏は深く頭を下げた。

「いつも本当にありがとうございます。アヤさんから教わったパンはすごく人気があって、売上の主流になっているんです。このパンもきっと売れると思います」

簡単で美味しいバナナシナモントーストは、上に載せる果物を変えても楽しんでもらえると思うので、林檎やキウイなどの載せ方もレシピに加えておいた。

「泊めてくださって、ありがとうございました」

亜弥と悠真は笑顔でノルトン家の皆へ挨拶する。

「アヤさん、狭い家ですが、いつでも泊まりに来てください。ユーマ、王都で暮らすことになったら、我が家へも頻繁に顔を出してくれよ。もちろん、わしたちもレストランかのん王都二号店へ毎日行くぞ。これからはいつだってわしたちがユーマを支えるから」

「ノルトンさん……」

悠真とノルトン氏が笑顔で抱擁し合う。父と息子のような二人を亜弥は目を細めて見つめた。

（王都にはノルトンさん一家がいる。タイガさんたちも……。悠真はひとりじゃない。大丈夫だわ）

安堵しながら、亜弥と悠真はノルトン家を出発した。

辻馬車に乗って雨の街道を走り、しだいに勢いを増す雨音を聞きながら、二人は東の都へ帰ったのだった。

第七話　それぞれの許しと野菜のテリーヌ

1

王都から戻った翌日は雨が上がり、大通りの花々が洗い出されたように鮮やかな色彩を風に揺らしていた。

その日、レストランかのんの開店準備をしている途中で、ふいにドーラが姿を見せた。

「お、おはようございます、アヤさん、ユーマさん」

緊張しながら扉を開けたドーラに、亜弥と悠真は手を止め、おはよう、と大きな声を返した。

「あの、お手紙が届いて……。あたしが採用になったって、本当ですか……」

信じられないという表情で、エルフ族特有の長く尖った耳を震わせているドーラのそばに行き、亜弥が優しく肩に手を置いた。

「本当よ。一緒に頑張っていこうね、ドーラさん」

「あ、あたし……頑張ります！　選んでくださって、ありがとうございます」

悠真が紙袋ごと、新しいエプロンをドーラに手渡す。これは昨日、ドーラのために亜弥と悠真が王都の主要商店街で購入したエプロンで、亜弥と悠真が着ているコックコートと同じ白色で、洗い替え用に二枚用意した。

「勤務の時は服が汚れないように、このエプロンをつけてね」

「わぁ……素敵」

ドーラに似合うだろうと選んだエプロンは、フリルがついた可愛いデザインになっている。広げたドーラがうっとりエプロンを見つめ、がばっと頭を下げた。

「ありがとうございます！　大切に着ます！」

ドーラはエプロンを大切そうに胸に抱きしめた。

「それで、いつから来たらいいでしょうか。お手紙には、あたしの都合を優先してくれて大丈夫だと……」

「ええ。あとひと月ほどで、王都二号店がオープンするから、できればそれまでの間に、ドーラさんに仕事に慣れてもらいたいと思っているの。でも、おうちの都合もあると思うから、無理はしなくて大丈夫よ」

これから悠真は、改装工事の進み具合の確認や、テーブルや食器、調理器具の調達などのため、王都へ出かけることが増えるだろう。

給仕だけだが、店の雰囲気に慣れるまできっと疲れるだろうから、早目にドーラに来てほしいと思っている。

ドーラはトンと自分の胸に手を置き、笑顔になった。

「兄はすごく喜んでくれて、借りている畑は小さいので、ひとりでも大丈夫だと言っています。ただ、明日は人参の収穫があるので、明後日からでもよろしいでしょうか」

「助かるわ。それじゃあ、明後日からお願いします」

「はいっ」

こうしてドーラが明後日から給仕を担当するようになった。

（ドーラさん、頑張ろうね！）

亜弥はドーラの背中を見送りながら、心の中でエールを送った。

＊　＊　＊

その夜、亜弥は、騎士団長としての勤務を終えて邸へ戻ったレイオーンと、彼の部屋で話をした。

特に用があるわけではなくても、多忙な彼に甘いスイーツを持っていき、暖炉の前の長椅子に腰かけて、その日あったことを話したり、正式な婚約と結婚に向けての進捗《しんちょく》状況を確認したり、二人でゆっくり話し合うのが日課となっているのだ。

亜弥はお菓子の皿と、あたたかい紅茶を載せたトレイを二人の間に置いた。

「……どうぞ、レイオーンさん。これはフレンチクルーラーというお菓子です」

「甘くてよい香りがする」

レイオーンは目を細めてフレンチクルーラーを見つめ、じきに視線を亜弥へ転じた。

「待たせてすまない。母がなかなか折れてくれない……」

小さく息をついたレイオーンが、そっと手を伸ばし、亜弥の黒髪に優しく触れた。

そのままトレイをサイドテーブルへ置き直し、レイオーンは亜弥の方へ身を乗り出すようにして、そっと腰と頭部を引き寄せた。

「レイオーンさん……」

全神経をもって大切に、そして強く抱きしめられて、亜弥の声がかすかに震えてしまう。

同時に彼に対する愛しさが胸の奥から込み上げてきた。

「亜弥――」

頭上から降ってきた声に亜弥が顔を上げると、一呼吸おいて、レイオーンがそっと顔を伏せてきた。

あたたかな熱が亜弥の頬に落ちたあと、ゆっくりと唇が重なる。

頭の中が真っ白になって戸惑ったが、今夜のレイオーンは力を緩めてくれず、愛しさを込めて、ますます強く抱きしめられる。あたたかい彼の腕の中で亜弥もそっと目を閉じた。

——その直後、ドスドスと足音が聞こえてきて、ドンドンッと扉をぶち破るほど大きなノックの音が響いた。

「レイオーン、母です！　入りますわよ！」

バーンッとものすごい勢いでドアが開いてゾフィーヌが入ってきた時には、レイオーンが拘束を緩め、右手で口を隠すようにしながら、亜弥から距離を取って座り直していた。

亜弥に気づいたゾフィーヌが眉を上げた。

「あら、アヤさんがいたの？　こんな時間に二人きりで、一体何をしているの！」

「亜弥は疲れているだろうからと、俺に菓子を作ってきてくれたんです」

静かに答えるレイオーンの言葉に、亜弥も動揺を抑えてこくこくと頷く。

「あたくしはまだ、二人の結婚を認めていませんのよ！　それなのに……え、お菓子？」

すぐサイドテーブルに置かれたフレンチクルーラーへ視線を転じたゾフィーヌが、ごくりと喉を鳴らした。

「まあ……！　甘い匂いがすると思ったら！　それは何ですの？」

「これは、フレンチクルーラーというお菓子です」

「あたくしも食べたいですわ！」

「……ゾフィーヌさん、寝る前に食べると太ります。明日の朝、ゾフィーヌさんの分も作りますので」

おずおずと言う亜弥に、ゾフィーヌは髪を掻きむしるようにして、子供のように地団駄を踏む。

「んまあ！　レイオーンはいいのに、なぜあたくしはダメなのよっ」

（レイオーンさんは騎士団長として日々鍛錬しているから……）

亜弥は心の中でそうつぶやく。そもそも、逞しく筋肉質なレイオーンと、肥満で全身に脂肪がついているゾフィーヌとでは、健康状態が全く違う。ゾフィーヌに痩せてもらいたい亜弥は困ってしまった。

「ひとつだけでいいから！」

顔の前で両手を合わせるゾフィーヌに、亜弥は仕方なく、お皿を差し出した。

「油で揚げているお菓子なので、ひとつだけ、ですよ？」

フレンチクルーラーは、ふわりと軽い食感のドーナツを、クリームやチョコレートでアレンジしたものだ。作り方は鍋に牛乳とバターと塩を入れて火にかけ、沸騰する直前で火を止めて小麦粉を加え、卵を少しずつ加えながら、やや固めのシュー生地を作る。揚げ油を熱し、生地が破裂しないように丸型の口金を避けて星型のものをつけた絞り袋から丸く絞り出し、程よく色付いたら油を切って半分にスライスし、カスタードクリームをはさんで、シナモンと砂糖を振ったら完成だ。

ひとつだけ載ったお皿を受け取り、ゾフィーヌは部屋を出て行こうとする。

「母上、ご用事は？」

レイオーンの声に、ゾフィーヌが足を止めて振り返った。

「ああ、そうでしたわね」

言いにくいのか、もじもじ体をくねらせるゾフィーヌの顔が、心なしか赤くなっている。

「――ルノーから、何か連絡が来たかしら？」

「いいえ、あの短い手紙の後は何もありませんが、そろそろ帰ってくる頃だと思います」

「そうよね、そろそろよね！」

ゾフィーヌの丸い顔に笑みが浮かび、先ほどより軽い足どりで部屋を出て行った。

くすっとレイオーンが笑い、亜弥へ優しい眼差しを向けた。

「昔から母は、父がそばにいないとダメなんだ。父と会えるのが楽しみで仕方がないんだろう。……美味しそうだな」

レイオーンがフレンチクルーラーをひとつ口元へ運んだ。

サクサクとした軽い食感と、甘いカスタードクリームの味が合わさり、香ばしい生地を引き立てている。

ゆっくりと咀嚼し、レイオーンが「美味しい」と頷き、紅茶を飲んでもうひとつ手に取った。

「亜弥も食べてくれ」

彼が食べている姿を見ているだけで満足していた亜弥は、促されてひとつ食べる。サクッと心地よい歯ごたえと共に、舌の上でほろりと崩れるフレンチクルーラーを堪能し、満足しながら、ドーラが明後日から来てくれることになったと話した。

「そうか。よかった。実は――ドーラとフレットのことだが……」

眉根を寄せたレイオーンが膝に手を置き、亜弥の方を向いた。

「あの兄妹の、ダークエルフ族の男と駆け落ちした母親の居場所がわかった。グレイが北の都へ行った折に調べてくれた」

「グレイさんが？」

「ああ、グレイはフレットのことを心配している。生き別れになっている母親とも、合わせてやりたいと思っている」

虐《しいた》げられてきたグレイは、人一倍、弱者に優しい。自分を陥れようとしたフレットにも、あたたかい手を差し伸べている。そのことにドーラも心から感謝していた。

レイオーンが静かに言葉を続ける。

「フレットとドーラの母親は、離婚届を置いてダークエルフ族の男と王都へ駆け落ちした。だが、一年もしないうちにその男は流行り病に罹《かか》って亡くなり、それ以来ずっと一人で王都の工場で働きながら暮らしてきたらしい。名前はイザベラ・アース」

どこかで聞いた名前だ。亜弥はしばらく考え、じきに「あっ」と声を漏らした。

王都の酒場タイガで会った、エルフ族の中年女性の名前だ。

「その人に会いました……王都の酒場タイガで……」

亜弥のかすれた声に、レイオーンは目をまたたかせた。

「そうか、酒場で。……全てを捨てて一緒になった相手を失ってから、イザベラさんは酒を浴びるように飲むようになったらしい」

亜弥はそっと、目を閉じた。

フレットとドーラの父親も、イザベラが駆け落ちした後、酒に溺れるようになったと聞いている。大切な人を失った心の傷を埋めるため、父親もイザベラも酒に逃げてしまった。

苦労した二人の子供……フレットとドーラの気持ちを考えると、言葉が出ない。

空になった紅茶のカップをサイドテーブルへ戻し、レイオーンが言葉を紡ぐ。

「グレイは二人が会いたいと願うのなら、いつか母親に連絡を取ろうと考えているようだ。だが……そういう日は来ないのでは、とも言っていた」

亜弥はこくりと頷いた。

男と駆け落ちするため、子供を捨てるのは最低の行為だし、そんな目に遭ったフレットたちが、今さら母親に会いたいとは思えない気がする。

（でも……）

亜弥には両親がいない。小さな頃に事故で亡くなっているため、記憶にもほとんど残っていない。

もし両親がいなければ、亜弥も悠真も生まれてこなかった。命を与えてくれたのは両親なのだ。

「私なら……それでも、会いたいと……思うかもしれません……」

亜弥の声は小さくて、聞き取りにくかったが、レイオーンは深く頷いてくれた。

「大丈夫だ。心配せず、ゆっくりお休み」

「はい、レイオーンさん」

優しいキスを額に受け、亜弥は愛しい人の部屋を後にしたのだった。

2

そして翌朝――。

早起きした亜弥は、いつものようにファイ家の厨房に立って、朝食の準備をはじめた。

「ゾフィーヌさんに野菜を食べてほしいから、今朝は野菜がたっぷりのメニューにしよう」

亜弥はメニューを考えながら食材庫へ向かう。ファイ家の邸には広い庭があるが、見慣れない大きな黒塗りの馬車が停まっていた。

（お客様かしら）

着いたばかりのようで、御者が馬車の扉を開けると、中から高級そうなフロックコートを纏《まと》った長身の紳士が下りてきた。

彼は亜弥のほうを向いて、かぶっていた山高帽を取って会釈してくれた。

あわてて亜弥もお辞儀を返す。

（も、もしかして……この方が、レイオーンさんの……）

頭を下げたまま亜弥が思案している間に、ざっざっと足音が近づいてきた。

「――初めまして。ルノー・ファイです」

そう名乗った声がレイオーンにそっくりだったので、亜弥は弾かれたように顔を上げた。

「あ、私……」

茶色の髪と瞳を持つ紳士――ルノーが、射抜くようにまっすぐ亜弥を見つめている。

亜弥はにわかに緊張した。

「アヤ・カノンと申します。よ、よろしくお願いします」

「あなたがアヤさんですか。レイオーンからの手紙で想像していた通りの娘さんだ」

ルノーは茶色の瞳を細めて微笑んだ。髪と目の色は違うが、声だけでなく整った面差しも、レイオーンによく似ている。

ほっとして差し出された大きな手を握り返すと、早朝の冷気を帯びた風が吹き抜けた。

「レイオーンが選んだ娘さんと会いたくて、夜通し馬車を走らせました。レイオーンからの手紙に書いてありました。素晴らしい料理の腕を持っていると。実はお腹が空いているので、早速ですが、何か作ってもらえませんか？」

気さくなルノーの言葉に、亜弥は緊張していることを忘れて、思わず笑顔になった。

「わかりました。ルノーさん、お好きな料理はありますか？」

彼は顎に手を当てて考えている。

切れ長の双眸と高い鼻梁……目尻に皺があるが、それでもとにかく美しい。その美しさに女性的な要素はなく、逞しい体躯と長身の彼は、驚くほどレイオーンに似ている。

「……そうですね。ゾフィーヌは肉料理が好きですが、わたしはスープが好きです」

「わかりました。急いで作ります」

食材庫へ急ぐ亜弥へ、ルノーが「ゆっくりでいいですよ」と声をかけながら後をついてきてくれ、恐縮する亜弥から木籠を取って持ってくれた。

厨房の調理台に木籠を置いたルノーに、亜弥は改めてお礼を言う。

「ありがとうございます。ルノーさん」

「いいんだよ。このくらい。アヤさんは……息子と、レイオーンとお付き合いされているのですね？」

亜弥の心臓がトクンと立てて跳ね上がる。

「は、はい。お付き合いさせていただいています」

「そしてアヤさんは、結婚後もレストランを続ける予定だということも、息子からの手紙に書いてありました。なぜ、そうまでしてお店を続けたいと思っているんですか？」

ルノーは穏やかな口調で、理由を知りたいのだと囁いた。

亜弥はポニーテールの髪を揺らして、頭を下げる。

「すみません」

「うん？　どうして謝るのかな？」

「私のわがままなんです。……料理は私の生き甲斐《がい》です。それに、レイオーンさんも……一番、大切な人なので、どちらかを選ぶことは、できないのです」

異世界の日本から来た亜弥を受け入れてくれたこの国の人々に、恩返しをしたい。砂糖大国として不健康に甘味に偏《かたよ》った食事を続ける人々に、いろいろな料理を紹介したいと思っている。

そして誰よりも、レイオーンに幸せになってほしい。そして、これからも彼のそばにいたい。初めて愛した人だ。わがままだと思われるかもしれないが、それが亜弥の正直な気持ちだった。

「アヤさん」

「はい」

顔を上げると、真剣なルノーと目が合った。

「あなたと結婚することで、レイオーンは不利な立場に立たされるかもしれない。それでも、あなたはレイオーンのそばにいると約束できますか？」

「…………」

唇を噛みしめてルノーを見つめる。気圧されて目を逸らしてしまいたくなったが、じっと彼の茶色の双眸を見つめたまま、深く、頷いた。

「私は、レイオーンさんのそばにいます。何があっても」

その言葉に、ルノーは小さく息を呑んだ。

「なるほど、レイオーンが夢中になるのも道理《どうり》。今の言葉を決して忘れないでください。息子はあなたの幸せが一番の望みだと、手紙に書いていました。わたしは親として、愛しい息子の幸せを心から願っているのです。どうか、息子のそばに……」

その時、厨房に悠真が入って来た。ルノーを見て一瞬瞠目する。

「あ……」

「黒髪の若者――なるほど、君がユーマくんだね？　レイオーンの父のルノー・ファイです」

悠真はすぐに姿勢を正し、凛とした挨拶を返す。

「ユーマ・カノンです。よろしくお願いします」

「君たちはとても仲のよい姉弟だと、レイオーンからの手紙に書いてあった。それに二人とも、素晴らしい料理の腕を持つと。ぜひ、わたしにも食べさせてほしい」

穏やかに微笑み、ルノーが優しく亜弥と悠真の肩を叩いた。

親しみのこもったその仕草に、悠真も表情をゆるめた。

パタパタと足音が近づいてくる。ハンナだ。

「まあルノー様！　馬車が停まっていると思ったら、やっぱりお帰りになっていたのですね」

「お帰りなさいませ、ルノー様！」

厨房を覗いたハンナの背後から、ラキがうれしそうに大きな声を出す。じきに他の従者も集まってきて、ルノーは廊下へ出た。

「久しぶりだな。皆、元気そうで何よりだ。ハンナ、風呂の用意を頼む」

ハンナが「はい！」と小走りに浴室へ向かう。

「お父様！」

ジーナが螺旋階段を駆け下りると、ルノーが両手を広げて、娘を抱きしめた。

「父上――」

レイオーンも笑みを浮かべて走り寄り、父の背中を優しく叩く。

「二人とも……！　会いたかった。よく顔を見せておくれ。ジーナ、ずいぶん痩せたね。まさか病気じゃないのかい？」

「ううん、違うの。アヤさんが作る料理のおかげなのよ。美味しくていつの間にか痩せていたの」

「そうか――」

ちらりと亜弥の方を見て微笑んだルノーが、自分より長身の息子へ視線を転じた。

「レイオーン、当主として全てをお前に任せ、留守にしてすまない。好きな狩りや釣りをして過ごせるのも、お前がしっかりファイ家を守ってくれているおかげだ」

レイオーンはいいえ、と小さく首を横に振った。

「そんなことより――父上、この人が手紙で知らせた亜弥です」

いつもの余裕を無くし、緊張した面持ちで亜弥の手を引っ張り、父へ紹介するレイオーンに、ルノーの唇が弧を描いた。

「ゾフィーヌはきっと、アヤさんとお前の結婚に、反対しているだろうね」

苦虫《にがむし》を噛み潰したような顔でレイオーンが首肯する。

「ええ、母は……頑《かたく》なに反対しています」

「あれはイネス家の血を引き、何より家柄を重んじている。ああいう性格だし、まあ……

あれの立場も汲んでやらねば」

苦笑しながらつぶやいたルノーに、ズキンと亜弥の胸が痛んだ。

「しかし父上、俺は亜弥を――」

レイオーンの言葉を遮るように、ドスドスと足音が響き、ゾフィーヌの金切り声が螺旋階段から聞こえてきた。

「本当なの、ハンナ！　ルノーが戻って来たっていうのは！」

「はい、ゾフィーヌ様。ルノー様は今朝早く戻られたようで……」

「どうしてすぐ、あたくしに会いに来ないのかしら！　まったくあの人は……まあ！」

螺旋階段の途中でルノーに気づいたゾフィーヌが、大きく目を見開いた。

「ルノー!!　遅かったですわね！　あたくし……きゃあぁぁっ」

あわてて階段を下りようとして、勢いよく踏み外したゾフィーヌの体が前に傾き、そのままズドン、ズドンともものすごい音を立てて巨体が階段を転がり落ちてきた。

ビタンッと階段下に叩きつけられたゾフィーヌに、その場にいた皆が驚き、息を呑む。

「――母上!!」

「お母様っ」

レイオーンとジーナが駆け寄ると、ゾフィーヌはうーと呻き声を上げた。

「大丈夫か、ゾフィーヌ」

足早に近づいたルノーが膝をついて、ゾフィーヌの体を起こしてやる。

「あなた……」

「この大バカ者が。首の骨でも折ったらどうする。死にたいのか」

呆れたようにつぶやき、ルノーが倍ほどありそうなゾフィーヌの巨躯を抱き上げた。

「痛いですわ！　背中が！　あっちもこっちも！　あなたっ」

本当に痛むのだろう。ゾフィーヌは目に涙を浮かべて怒鳴っている。

レイオーンがすぐにラキへ指示を出す。

「螺旋階段から転落し、打撲《だぼく》したと伝え、薬師を呼んできてくれ」

「はっ、レイオーン様」

ラキがすぐに玄関アプローチを抜けて駆け出した。

「痛い、痛いですわ！　レイオーン、何とかしてぇぇ！」

ゾフィーヌの絶叫が響く中、ルノーは顔をしかめてゾフィーヌを抱いたまま、廊下を歩いて行く。

「どこへ行くんです？　あたくしの部屋は三階ですわ！」

「安静にしたほうがいい。それに薬師に診てもらうためにも、一階のゲストルームで横になっていろ」

ぴしゃりと言われ、ゾフィーヌは珍しく口を閉じた。どうやら本当に夫には逆らえないようだ。

（ゾフィーヌさん……大丈夫かな）

亜弥は心配そうに胸の前で両手を合わせる。ジーナとハンナが、ふぅっと大きく息を吐いた。

「びっくりしたわ。まさかお母様が螺旋階段から転がり落ちるなんて。あたし、様子を……」

「ジーナ様、ここはルノー様にお任せしましょう」

やんわりと止めたハンナに、悠真が賛成する。

「あれだけ怒鳴れるなら、骨折など重傷な怪我はしてないようですし、ルノーさんがいれば大丈夫でしょう。落ち着いた頃に様子を見に行ったほうがいいと思います」

ジーナがなるほど、と頷いた。

「そうね。お母様は昔から、お父様にベタ惚れだから。二人きりのほうが落ち着くわね。ああ、なんだかお腹が空いてきちゃった」

お腹に手を当てたジーナに、ハンナが「あたしもです」と笑っている。

「そうだ、朝食を作りますね。悠真、手伝って」

亜弥は厨房に入り、食材庫から運んだ材料を調理台に並べていく。

「何を作る予定なの、姉さん」

腕まくりをしながら悠真が隣へ立つ。

「ゾフィーヌさんに野菜を美味しく食べてほしくて『野菜のテリーヌ』と、ルノーさんはスープが好きだから少し時間がかかるけど『ビーフシチュー』にしようと思うの」

「わかった。それじゃあ姉さんは野菜のテリーヌを。僕はビーフシチューを作るよ」

野菜がたっぷりとれる野菜のテリーヌは、お皿を鮮やかに彩る一品だ。手が込んでいるように見えるが、茹でた野菜をゼリーでまとめるだけなので意外と簡単で、詰める具材で簡単にアレンジも自在になる。

亜弥はズッキーニ、パプリカを棒状に切り、塩を入れたお湯で茹で、ミニトマトは少しだけ熱湯に入れたあと冷水にとり、皮をむいた。鍋に水を熱し塩コショウを加え、粉寒天《こなかんてん》を加えて溶かして煮立たせ、型にさっとゆでてしんなりとさせたキャベツの葉を敷き、ズッキーニとパプリカとミニトマトを順に並べていく。溶かした粉寒天を注ぎ、キャベツの葉をかぶせた。空気が入らないように軽く指で押し、妖石エネルギーで動く冷蔵庫で冷やし固める。

その間に悠真は、ビーフシチューに取りかかっていた。

牛肉は、塩コショウして手でかるくもみ込み、フーシュ芋と人参と玉葱、ブロッコリーを食べやすく切っておく。フライパンに、オリーブオイルを熱し、牛肉を並べ入れ、時々返しながら焼き色がついたら玉葱と人参を加え、赤ワインを加えて半分になるまで煮詰める。あらかじめ肉と野菜をバターで炒めておくことで、濃厚なコクが食材を包み、煮込み時間を短縮することができた。自家製デミグラスソースと水とフーシュ芋、ブロッコリーを加え、弱火で掻き混ぜながら煮ると、肉と野菜が混ざり合い、何とも言えない香りが厨房を満たしていく。

「いい匂い。お腹すいちゃったわ」

「あたしもです」

待ちきれず、顔を覗かせるジーナとハンナに、亜弥が笑顔で大きく頷いた。

「お待たせしました。できました」

その声に、ハンナが待ってましたと言いながらトレイを用意し、亜弥と悠真でたっぷりとビーフシチューを深皿に注ぐ。

厨房の隣の食堂へ皆で運んでいると、ゲストルームからルノーが出てきた。

「あっ、ルノー様、ゾフィーヌ様は？」

「ゾフィーヌさんの具合はどうですか？」

心配になって尋ねるハンナと亜弥に、ルノーが目尻に皺を寄せて頷いた。

「先ほど薬師が診てくれた。骨折もしていないし大事ないそうだ。今はレイオーンが、朝の鍛錬を休んでゾフィーヌのそばについていてくれている。……やあ、すごくいい香りがしているね。わたしもお腹が空いているので、一緒にいただいていいかな」

「お父様と一緒に朝食をいただけるなんて、うれしいわ」

ジーナがはしゃいで、皆で食堂に入った。白色のテーブルクロスがかけられた長方形のテーブルに、ルノーとジーナ、亜弥と悠真とハンナとラキが集った。

レイオーンとゾフィーヌの分を取り置いて、冷蔵庫で固めた野菜のテリーヌを型にそって包丁を入れ、食べやすく切り分けて器《うつわ》に盛り、ソースをかけて完成だ。

「……なんてきれいなお料理かしら！」

ジーナが早速、野菜のテリーヌをフォークで切り、口へ運んだ。

ごくりと唾を呑み込み、ラキも野菜のテリーヌを頬張る。

野菜の甘みを引き出すように、塩茹でしたり油で炒めたりしながら、弱火で仕上げたので、とても食べやすいテリーヌになった。

「最高！　いろいろな野菜の味がするわ」

「このぷるぷるしたところまで、美味しいです」

「ほう、これは……すごい！　大陸中を旅しているが、こんなきれいで美味しい料理は初めてだ」

ルノーが舌鼓を打ちながら褒めてくれ、亜弥はうれしくなった。

ハンナがスプーンでビーフシチューをすくって、うっとりつぶやく。

「ああ、このコクのある香り。たまりません」

それを見て、ルノーもビーフシチューを口へ運んだ。

肉と野菜の旨味が溶け込んだスープを呑み込み、目を見開く。

「すごい……こんなスープがあったのか」

ルノーはスプーンを矢継ぎ早に動かし、ビーフシチューを咀嚼する。

スープをたっぷりと吸い、ほろほろと口の中で蕩ける深いコクのある肉の食感を味わい、思わず目を閉じている。ジーナがそんな父を見て、うれしそうに笑った。

「ね、お父様、アヤさんとユーマさんの料理はすごいでしょう？」

「ああ、こんな味わい深い料理は初めてだ」

（よかった……本当に）

ルノーによろこんでもらえて、亜弥は心底ほっとした。

ハンナがルーナ茶を淹れてくれ、食べ終わると、亜弥と悠真はレストランかのんへ向かう時間になった。

「レイオーンさんとゾフィーヌさんの分を冷蔵庫に入れてあります」

後で持って行ってくださいと、ハンナに頼むと、彼女は目を細めた。

「承知しました。どうか、ゾフィーヌ様のことは心配なさらずに。アヤ嬢、ユーマさん、行ってらっしゃいませ」

言ってきます、と亜弥と悠真はファイ邸を後にする。

今日からドーラが出勤してくる。

楽しみだと思いながら、エルフ村の朝市で買い物をして、開店準備を始めた。

3

下ごしらえをしていると、おずおずとドーラが入ってきた。亜弥と悠真が笑顔で迎える。

「おはよう、ドーラさん！」

「おはようございます、アヤさん、ユーマさん。よろしくお願いします」

緑色の肩までの髪を揺らし、頭を下げたドーラは、ワンピースの上から真っ白なエプロンをつけると、緊張しながら亜弥のそばに来た。

「それじゃあ、ドーラさんにしてもらうことを説明します」

亜弥は彼女に、お客さんが来店したらお水を持っていき、オーダーを聞いてくること、トレイに載せて食事を運んだり下げたりすることをお願いした。

二種類あるランチやスイーツの当日のメニューについて、お客さんから聞かれたら、説明できるようになってほしいけれど、それは慣れてきてからでいい。

「お客さんが気持ちよく食事できるように、明るい挨拶をしてね」

深く首肯し、念入りに手洗いをしたドーラだが、開店と同時に大勢のお客さんが来店してくると、動揺して固まってしまった。

「いらっしゃいませ！」

亜弥と悠真の元気のよい声に、我に返ったドーラが「い、いらっしゃいませ……」と声を絞り出し、震える手でピッチャーからお水をグラスに注ぎ、運ぶ。

「おや、新しいスタッフかい？」

「は、はい。よろしくお願いします」

お客さんから声がかかると、ドーラは上ずった声で答え、頭を下げた。

「そう言えば、来月には王都二号店ができて、ユーマさんがそっちの店長になるんだよね」

「アヤさんとユーマさんはとても仲のよい姉弟だから、寂しくなりますね」

お客さんの間からそんな声が聞かれる中、カランコロンとベルの音を響かせ、馴染《なじ》みの家具店の店主、ラフィス氏が入ってきた。

「アヤさん、ユーマさん、お待たせ。来週には冷蔵ケースが完成します」

「ありがとうございます！」

この店のスイーツ用の冷蔵ケースを作ってくれた腕のいい家具職人のラフィス氏に、王都二号店にも同じものを注文していた。

「妖石エネルギーの職人に来てもらって、最終確認も済ませたので……おや？」

お水を持ってきたドーラを見て、ラフィス氏が目を丸くする。

「あんた、エルフ族の……確か、ここで暴れたフレットとかいう男の妹だよな」

刺々しい声で言い放ったラフィス氏は、唇を噛みしめて頭を垂れたドーラの青ざめた顔を見て口を閉じ、悔いた顔つきになった。

「……申し訳ありません。兄が迷惑をおかけしました」

「いや、アヤさんとユーマさんが許しているなら、それでいいんだ。それにあんたは、フレットを止めようとしていたし」

頭を下げるドーラに咳払いをして、独り言のようにつぶやいたラフィス氏が、テーブル席に座る。

ドアベルの軽やかな音がひっきりなしに続き、今日もレストランかのんは大勢のお客さんで賑わった。

最初は緊張していたドーラも、店が終わる頃には「ありがとうございました！」と大きな声で挨拶できるようになった。

店が閉まると、洗剤を張った中へ浸けておいた食器を洗い、ドーラの初出勤の日が終わった。

「お疲れ様、ドーラさん」

「あたし、お役に立てなくてすみませんでした」

「そんなこと、ないわ。初めてなのにすごく頑張ってくれた。これからもよろしくお願いします」

亜弥が優しく肩に手を置くと、ドーラはうれしそうにコクコクと頷いた。

「皆が美味しいって食べているのを見て……あたしも誇らしい気持ちになりました。こちらこそ、よろしくお願いします。あたし、明日からもっと頑張ります」

頬を高揚させたドーラに、亜弥と悠真はほっとする。

「そうだ、フレットさんへのお土産です。二人で食べてね」

亜弥が冷蔵ケースの中のシュークリームを二個、小箱に詰めて手渡すと、ドーラは驚いた。

「あ、ありがとうございます……お兄ちゃん、喜びます」

深く頭を下げて、ドーラが帰って行った。

亜弥と悠真は、いつものように使用した食材や調味料、当日の売上を記入し、残った食材を確認し、翌日のメニューについて話し合った。

ドーラへの給金の支払いは、月末にまとめて手渡すことになっている。人を雇うのは初めてで、東の都本店のドーラと、王都二号店のタイガに、十分な給金を払うためにも、今まで以上に美味しい料理を作って、たくさんのお客さんに喜んでもらおうと亜弥と悠真は気持ちを新たにした。

レストランかのんを施錠して、姉と弟は肩を並べて東の都の大通りを歩いていく。

「こうして悠真と歩くのも、あとひと月なのね」

つぶやいた途端、二人でレストランかのんをするようになって、当たり前のようにこの道を一緒に歩いた日々を思い出し、胸の奥からじわじわと寂寥が込み上げてくる。

悠真は小さく息をついて、亜弥の顔を覗き込むようにした。

「姉さん――僕と姉さんはずっと姉弟だ。だから離れていても大丈夫だよ」

「悠真……」

そう言って、悠真が亜弥の頭にポンと手を置き、「大丈夫、大丈夫」と繰り返した。

それは二人が小さな頃、亜弥がよく「大丈夫、大丈夫」と悠真に繰り返したおまじないだった。

自分より背が高く、しっかりしている悠真だが、いくつになっても亜弥にとって可愛い弟で、両親も祖父母も他界した今では、たったひとりの肉親になる。

亜弥は改めて悠真を送り出すひと月後へ想いを馳せたが、ずっと姉弟だという言葉が胸の中を満たし、寂しさを包み込んでくれた。

爽やかな風が吹き抜け、姉弟の黒髪を優しく揺らし、じきに二人はファイ家の邸へ着いた。

「アヤ嬢、ユーマさん、お帰りなさい」

パタパタとハンナが走ってくる。

「ゾフィーヌさんの具合はどうですか？」

今朝、階段から転げ落ちたゾフィーヌのことが心配で亜弥が尋ねると、ハンナの眉が下がった。

「薬師に処方された薬湯《やくとう》を飲んでいるのですが、まだ痛みが取れないようで……。薬師は骨折や大きな怪我がないので、一晩寝ればよくなるだろうとおっしゃっています。レイオーン様が騎士団本部へお仕事に行き、ルノー様が親しい近隣住民に帰省した挨拶に向かわれてひとりになると、ゾフィーヌ様はぼうっと窓の外を見て、すっかり気落ちされて……」

ハンナが作った昼食も、ほとんど手をつけなかったそうだ。

「私、お菓子を持って、お声をかけてきます」

体が痛い時は、気持ちも弱ってしまいがちだ。ダイエットは体調がよくなったら再開すればいい。今は好きな甘いものを食べて、少しでもゾフィーヌに元気になってもらいたい。

「悠真、今日のスイーツのシュークリームをゾフィーヌさんへ持っていってもいい？」

「もちろん。今日は多目に作ったから、もう三個、残っているよ」

悠真は笑顔で小箱を亜弥に手渡し、部屋へと戻って行った。

「これでゾフィーヌさんが少しでも元気になってくれれば……」

シュークリームと紅茶をトレイに載せて、ゾフィーヌが休んでいる部屋の扉をノックした。

「亜弥です。入ってもよろしいでしょうか」

「……どうぞ」

覇気《はき》のない声が返り、そっとドアを開けると、ゾフィーヌは天蓋付ベッドに横になったまま、ぼんやりと窓の外を見つめていた。

額や首に薬草を練り込んだ布が巻かれ、サイドテーブルに、ハンナが作ったオムライスがほとんど手つかずで残っている。

（オムライスはゾフィーヌさんの好物なのに……）

二人分をぺろりと食べ、まだおかわりを欲していたゾフィーヌとは別人のような憔悴《しょうすい》した顔が、亜弥へ向けられた。

「アヤさん……。あたしもうダメかも……」

「そんな……元気を出してください。美味しいお菓子と紅茶をお持ちしました」

言いながら亜弥は、トレイをゾフィーヌの前に持っていく。

「まあ、これは？」

「シュークリームというお菓子です。パリッとした皮の中に、とろーりとした甘くなめらかなカスタードクリームがたっぷり入っています。今日だけ特別に三個、お持ちしました」

「そう……美味しそうだわ。でも、もう食べられないの」

シュークリームを見つめるゾフィーヌの目に涙が浮かんでいることに気づき、亜弥はあわてた。

「ゾフィーヌさん、まだ体が痛むのですか？」

「ええ――あたくしはきっと、そう長くありません」

痛みのせいか、ゾフィーヌは自分が明日にでも死ぬと思い込んでいるようで、亜弥は動揺する。

「何を言ってるんですか」

弱気なゾフィーヌの発言に、亜弥はトレイをサイドテーブルに置き、回り込むようにして彼女の方へ向き直った。

「薬師の先生に診ていただいたのですから、大丈夫です。打撲なので痛いと思いますが、明日には痛みも引いて、元気に……」

「アヤさん」

ゾフィーヌが手を伸ばして、亜弥の両手を握りしめた。彼女から手を握られたのは初めてで、亜弥は思わず瞠目する。厚くやわらかであたたかな手だった。

「あなたに、言っておかなければ、なりません」

「私に？」

真剣な眼差しで頷いたゾフィーヌに促され、亜弥はベッドのそばにある椅子へそっと腰を下ろした。

「アヤさん……あたくしは……」

ゾフィーヌは息をつくと、亜弥の手を握ったまま言葉を続ける。

「あたくしは王都でも指折りの資産を持つ大富豪、イネス公爵家の令嬢として生を受けました。今のジーナくらいの時から縁談がひっきりなしにあり、いずれイネス家に相応しい貴族に嫁《か》すのだと教育されてきました。でも……あたくしは王宮主催の食事会でルノーと出会いました。食べ過ぎてお腹が痛くなり、うずくまってしまったあたくしに気づき、ルノーは優しく介抱してくれたのです」

当時の気持ちを思い出したのか、ゾフィーヌは息をつくと表情を緩めた。

「その頃から、ゾフィーヌさんはよく食べていたのですか……」

思わずつぶやくと、ゾフィーヌは大きく首肯する。

「あたくし、物心つく頃からずっと太っていましたわ。それなのに当時は、王宮主催の行事の時はコルセットでお腹をしめつけるのが普通だったので、食事会で食べ過ぎた時は、それはもう大変でした。ルノーが医務室へ運んでくれなければ、死んでいたかもしれませんん」

お腹が痛いと騒ぐゾフィーヌの様子を想像して、思わず亜弥は小さく笑った。ゾフィーヌは遠い昔を思い出すように目を閉じて話を続ける。

「あたくしはルノーのことを忘れられず、食事会に来ていた友人に連絡して、彼のことを調べましたわ。そうしたら彼は、東の都の下級貴族、ファイ家の嫡男《ちゃくなん》でした。しかも、当主をしていたルノーの父親は賭け事が好きで、ポシュドーで大借金を抱えていました」

ポシュドーというのは、ビリヤードに似たゲームで、高額な掛け金をして遊ぶゲームだと、亜弥はグレイから聞いたことがあった。

王都の闇市《やみいち》と呼ばれる場所で、今も行われているらしい。気をつけろよ、とグレイが教えてくれたのだ。

「今と違って昔は規制がゆるく、貴族の間でもポシュドーが流行っていました。ルノー本人は賭け事などしなかったけれど、彼の父親はのめり込んでしまって……。ファイ家は貴族税の支払いが滞《とどこお》るほど、多額の借金を抱えていたのです。でもあたしはどうしてもルノーと結婚したかった。家柄も爵位も低いファイ家になど嫁がせたくないという両親を、懸命に説得したわ」

最初は猛反対していた両親も、それほどまでに望むのであればと、結婚を認めてくれた。

「借金のある家に娘を嫁がせるわけにはいかないと、あたくしの父は、ファイ家への援助を申し出てくれたのです。当時のファイ家は、爵位返上もやむを得ない状態で、あたくしとの結婚だけが、貴族家として生き残る道だった。でも、ルノーからの返事はいくら待っても来なかったの……」

ゆっくりと目を開けたゾフィーヌの肩が、ふるふると震えていることに気づき、亜弥は繋いだ手に力を込める。ゾフィーヌは顔を伏せながら、小さな声で続けた。

「ルノーに直接、結婚の返事を聞こうと、あたくしは大勢の使用人を連れ、馬車でファイ家を訪ねました。ルノーだけでなく、ファイ家の皆が狼狽《うろた》えました。その時はじめて知ったのです。突然だったので、ルノーには同棲している恋人がいることを。その人は、ダークエルフ族の女性でした」

「えっ……」

亜弥は思わず息を呑んだ。

「褐色の肌に長い紫色の髪、整った顔立ちのそれは美しい娘でした。名前はヒルダ……。怪我をして、ファイ家の邸の前で倒れていたところをルノーが助けて出会ったそうです。ルノーはあたくしにはっきり言いましたわ。ヒルダを正妻として迎えたい、君と結婚する気はない、と」

「………」

握りしめられたゾフィーヌの手が小刻みに震えている。それでも彼女は、眼差しを窓の外へ転じ、小さな声で言葉を続けた。

「ルノーの両親は、あたくしと結婚するようにと、ルノーへ命じました。このままではファイ家は存続できず、爵位を返還《へんかん》し、邸を手放さなくてはならない。自分たちは平民になり、仕えてくれた多くの使用人も住む家と仕事を失うのだと。イネス家が借金を払ってくれるというのに、この縁談を断るとは、それでもファイ家の嫡男か、と――。でもルノーは……」

聞いている亜弥の胸が痛み、大きく上下するゾフィーヌの背中をさすった。

「ルノーはヒルダの肩を抱き寄せ、『平民になってもいい。わたしはヒルダと結婚したいのです』とはっきり告げました。その時、あたくしはショックを受けて唖然と立ち尽くし、邸内は騒然となりました。ヒルダがルノーの手を振り払ったのです。『貴族のあなたのことが好きだったの。さようなら』そう言うと、驚きのあまり目を限界まで見開いているルノーを置いて、ヒルダは邸を出て行った……」

ゾフィーヌは当時のことを思い出したのか、眉間に縦皺を刻む。

「ルノーはそれでもヒルダを追いかけようとして……。けれど父君に止められました。『お前にはファイ家の後継としての矜持《きょうじ》はないのか。ダークエルフの小娘にいいように扱われて情けない！』そこまで言われてようやく、ルノーはヒルダを追うのを止めたの。両親やファイ家の使用人を路頭《ろとう》に迷わせるわけにはいかないと、気づいたのでしょう」

大きなため息をつき、ゾフィーヌはゆっくりと顔を上げ、亜弥を見つめる。

「その時のルノーの顔も、別れを告げた時のヒルダの今にも泣き出しそうな表情も、今でもはっきり覚えていますわ。ダークエルフ族は自己中心的だという噂を聞いていましたが、そうではなかった。……あの娘は、ルノーとファイ家のために身を引いたのです」

「ゾフィーヌさん……」

「傷心《しょうしん》の中、ルノーはあたくしと結婚する道を選びました。イネス家の援助のおかげで借金を返済でき、ルノーが当主となって皆が一丸となって頑張った結果、貴族税を支払う余裕もなかったファイ家が、東の都一の権力を持つ貴族家になっていったのです」

ゾフィーヌの声が追憶で揺らいでいる。

「それでもイネス家には遠く及ばず、王都にいるあたくしの兄は、会うたびにいつも望めばもっとよい家柄の相手と一緒になれたのにと嘆いていますが、あたくしは後悔していません。でも……」

ゾフィーヌの手に力が込められる。

「レイオーンのアヤさんとの婚約を望む手紙を読んで、どうしても賛成することができずに、馬車を飛ばして戻ってきたのは……ダークエルフ族という少数民族のヒルダと、黒髪のアヤさんが重なって思い出されたからですわ。性格や外見はまったく違うけれど、恋人から全てを捨ててもいいと思われるほど愛されているところが……」

亜弥の脳裏に、ダークエルフ族なんて大嫌いと言った時の、唇を噛みしめ泣き出しそうなゾフィーヌの顔が浮かぶ。

おそらくルノー自身も、身を引こうとしているヒルダの気持ちを察したのだろう。

互いに相手の人生を思って別れたヒルダとルノーの気持ちを思うと、ズキッと胸が疼《うず》く。

そして、最愛の人の心に残っている想いを知りながら、二十七年という決して短くない時間を、ゾフィーヌはどんな思いで妻としてそばにいたのか。

格下の家柄でも、身代わりだとしても、それでも、ゾフィーヌはルノーのそばにいたかったのだ。

亜弥は目の奥が熱くなって、両手で顔を覆った。

「アヤさん——」

今までにない、穏やかな声音でゾフィーヌが亜弥を呼ぶ。

あわてて瞼を拭い、顔を上げた亜弥は、穏やかに微笑んでいるゾフィーヌと目が合った。

こんなふうに亜弥を見てゾフィーヌが笑顔になるのは初めてだ。

「最期になるかもしれないので、アヤさんに言っておきます」

「……最期だなんて……」

そんなことはないと言いかけた亜弥を、ゾフィーヌが目で制した。

「ルノーはヒルダを失った後……家のためにあたくしと結婚してからも、廃人《はいじん》のような暗い目をしていました。レイオーンが生まれた頃から、少しずつ明るさを取り戻しましたが、今でも時折、遠い目をすることがあります。ヒルダを思い出しているのでしょう。お互いに何も言わなくとも、二十七年も夫婦だったのです。あの人の考えていることはあたくしにはよくわかります。ルノーが愛しているのは、今もヒルダだけだと……」

痛みに顔を歪めながら、ゾフィーヌは再び亜弥の両手を握りしめる。

「レイオーンは、アヤさんを失ったら、ルノー以上に深い傷を負うでしょう。誰とも結婚しないかもしれません。だから……あたくしがどれだけ反対しようと、誰が何と言おうと、レイオーンのそばを離れないでほしいのです」

「ゾフィーヌさん……」

階段から転がり落ちた時に打ち付けたのは、額と首筋だけではないようで、ゆったりとした寝着の袖から、肘から肩にかけて薬草に浸した白布が巻かれているのが見える。

おそらく腰や足も打撲したのだろう。強い薬草の匂いの中、心細げに心情を吐露《とろ》するゾフィーヌの気持ちが胸の奥深くを突き、じわじわと涙が込み上げてきた。

ぎゅっと唇を噛みしめ、涙を堪える亜弥に、ゾフィーヌはこれまでの態度を顧《かえり》みるように口元を引き結んだ。

「アヤさんに、ひどいことを言いました。心の中ではわかっていたのです。レイオーンの運命の相手がアヤさんだということは。あの子があんな目をして懸命にあなたとの結婚を許してほしいと何度も何度も頼んできたのですから。あたくしだって、息子が愛する人と一緒になるのが一番だと理解しています。ヒルダのことを割り切って、認めようと思っても……ジーナやハンナや周りの皆が、口々にアヤさんの味方をするから、折れる機会がみつからなかったのですわ。そうです、ジーナやハンナが悪いのです」

少しだけ、いつもの口調が戻ったゾフィーヌは、ふんっと鼻を鳴らして、亜弥を見た。

「それでも……黒髪のことを悪く言ったことは訂正します。髪の色など人間の価値になんの関係もないのだと、気づかせてくれたのはアヤさんです。それからレストランかのんを続けるというなら、これから多くの人の助けが必要になるでしょう。何かあれば、レイオーンやファイ家の皆に相談しなさい」

「ありがとうございます……」

痛みに耐えながら、心の内を吐露するゾフィーヌに、亜弥の瞳から涙がこぼれ落ちる。

胸も喉も熱くて苦しい。

ぽろぽろと頰に落ちていく涙を拭う亜弥に、ゾフィーヌの顔に照れた表情が浮かんだ。

「ふう、やっと言えたわ」

ゾフィーヌが小さくつぶやき、打撲の痛みに顔をしかめながら、寝返りを打つ。

「あともう二人……ハンナと……」

独り言のようなつぶやきが、亜弥の耳に届いた。

「ハンナさん……？」

ゾフィーヌとハンナはとても仲がいいので、亜弥は涙を拭って小首を傾げた。

青地に色鮮やかな花が舞っている模様が描かれた華やかな天蓋をみつめて、ゾフィーヌは小さな声で囁いた。

「ええ……。ハンナは、ファイ家の正妻となったあたくしの側仕えとして採用になった、新人のメイドでしたわ。ああしろこうしろと平気で意見を言ってきて、最初は驚きました。あんな生意気なメイドは初めてでしたから。それが今ではメイド頭《がしら》になって、邸内のことを切り盛りしているなんて」

ゾフィーヌはふふっと小さく笑い、視線を天蓋から亜弥へ転じた。

「……あたくしがこの邸へ嫁いで来た時、ルノーは部屋へ引きこもったままだった。彼の両親や使用人たちは、腫物《はれもの》に触るようにあたくしに遠慮していました。その中でハンナだけが——年が近いせいか、まるで友人のように、あたくしに接してきたのです。レイオーンが生まれてからも、もっと赤ちゃんと一緒の時間を取れだの、ちゃんと抱きしめないとダメだの、あたくしに意見ばかり。でも」

ゾフィーヌは唇を噛みしめた。

「ハンナがいたから、あたくしはファイ家で頑張れました。嫁いできたものの周囲から浮き、夫となった人から無視される中……ハンナだけはあたくしを心配し、本気で注意してくれたのです。結婚もせずに、ずっとずっとあたくしに仕えてくれました。ハンナが一緒に育ててくれなければ、レイオーンもジーナも、あんな優しい子に育たなかったでしょう」

ゾフィーヌの肩が大きく揺れ、彼女の頰に涙が光る。亜弥は黙って彼女の手をさすった。

「死んでしまう前に、ちゃんとハンナに伝えたいの。それから、あの人にも……」

「あの人……？」

あふれる涙を拭いながら、ゾフィーヌが言葉を紡ぐ。

「ヒルダに……！　あの人が身を引いてくれたおかげで、あたくしはルノーと結婚できました。世界中で一番愛しい人と、二十七年も一緒に過ごせて、幸せでしたわ。だから一言でいい、ありがとうと……伝えたいの。今頃、ヒルダはどうしているだろうと考えない日はありません。あの人も幸せだといいのだけど……」

語尾が震え、ゾフィーヌは両手で顔を覆って、声を出さずに泣き出した。

心臓が押し潰されそうなほど強い嫉妬の気持ちと懺悔の気持ちを呑み込み、それでも愛する人と生きる道を選んだゾフィーヌの想いが亜弥の胸に伝わってくる。

泣き続けるゾフィーヌに腕を差し伸べて、亜弥は彼女の丸い背中を優しく撫でた。

静かな時間が過ぎていく。やがて、ひっく、ひっくと喉を鳴らして、ゾフィーヌが顔を亜弥の方へと向けた。

「アヤさん」

亜弥は「はい」と元気よく答えると、ゾフィーヌはぐすっと鼻をすすった。

「アヤさんが働いているところを、見てきましたわ。他人のためにあんなに楽しそうに料理を作って、美味しいと言われて笑顔になって、人々から慕《した》われて……」

「ゾフィーヌさん……」

「ヒルダへの気持ちをずっと引きずってきたあたくしは、後ろばかり見てはいけないと、ようやく考えを変えることができました。どうか息子を……レイオーンのことを頼みます。あの子のそばにいてあげて……。これがあたくしの最期の願いです」

祈るような眼差しで見つめるゾフィーヌは、亜弥が深く頷くのを見て、体から力を抜いた。

「よかった……」

言いたいことを言い終え、安堵したゾフィーヌは目を閉じ、じきにくうくうと寝息を立てて、眠ったのだった。

＊　＊　＊

それから四日が過ぎ、晴れ渡った朝――。

日増しにゾフィーヌの体の痛みが引いていき、今朝は痛みが嘘のようになくなったと言いながら、ラキに付き添われてゆっくりと邸内を歩いている。

「ゾフィーヌさん、痛みが治まったようですね、よかったです、本当に」

廊下でゾフィーヌとすれ違った亜弥が笑顔で声をかけると、彼女は顔を真っ赤にして一歩後ずさった。

「ア、アヤさん……っ、あたくし、熱が……そう、熱があったの！　何か意味不明なことをしゃべったかもしれませんわね。でも忘れて頂戴！」

すっかり元気を取り戻したゾフィーヌは、耳まで朱色に染めながら、そう言い放った。

「ええ、忘れました」

笑顔で答える亜弥に、ゾフィーヌは照れたような顔で「それならいいわ！」と叫ぶ。

「ゾフィーヌ様！」

ハンナが後ろからパタパタと駆け寄ってきて、ゾフィーヌの顔を心配そうに覗き込んだ。

「ちょっと、なんです、ハンナ」

「お元気になられたのですね。一昨日、お部屋へ食事を持って行った折に、『親友のように思ってきました、ハンナ、今までありがとう、大好きでした』などとおっしゃるから、頭を打った後遺症《こういしょう》で、とうとうおかしくなったのかと心配いたしました」

真剣な顔でそう言い、胸をなで下ろすハンナの隣で、ラキが目を丸くした。

「えっ、なんですって。ゾフィーヌ様の頭が？　それは大変です」

ラキがあわてて薬師を呼びに行こうとし、それをゾフィーヌが止める。

「お待ちなさい！　あたくしの頭はしっかりしていますわ。それからハンナ、あのことは忘れなさい！　熱があったのですわ。いいわね、忘れて！」

「賑やかだな、痛くて寝ているか、大きな声を出すかだね、君は」

　ゆっくり螺旋階段を下りてきたルノーに、ゾフィーヌがぱぁっと顔をほころばせた。

「ルノー！　子供たちはどこ？」

「レイオーンは分隊長の報告会のため、騎士団本部へ、ジーナは王都の女学院へ、それぞれ出かけたよ。どうかしたのかい？」

　ゾフィーヌはため息をついて、亜弥の方へ向き直った。

「まあ、後でいいわ。アヤさん、お腹が空いたわ。ユーマさんでもいいから、あたくしの朝食を作って頂戴！」

　亜弥が口を開く前に、ハンナがはっきりと告げる。

「無理です、ゾフィーヌ様。アヤ嬢とユーマさんは、レストランかのんの開店準備で、そろそろ邸を出る時間ですから。腕によりをかけてあたしが作りますわ」

　ゾフィーヌは地団駄を踏みながら、首を横に振る。

「そんな！　あたくしアヤさんの料理が食べたいのに。そうだわ、レストランかのんへ昼を食べに行きましょうよ、ハンナ」

「ダメですよ、ゾフィーヌ様。病《や》み上がりなんですから、せめて今日一日は邸の中で大人しく過ごしてください」

ルノーが明るく笑った。

「ハンナの言う通りだ。ゾフィーヌよ、今日はわたしと一緒に、三階の君の部屋でゆっくり食べよう」

優しい眼差しを向けるルノーに、ゾフィーヌは真っ赤になった。

「ふ、ふん！　わかったわ。あなたがそうまで言うのなら、ハンナの食事で我慢するわ」

ハンナは苦笑しながら、亜弥と悠真の方を向いた。

「行ってらっしゃい、アヤ嬢、ユーマさん」

「わたしもいつか、レストランかのんへ行ってみたいと思っています。二人とも頑張って」

明るく手を振るハンナとルノーの後ろで、ゾフィーヌが眉根を寄せて恨めしそうに見送っている。

「行ってきます……！」

朝の心地よい日差しに包まれて、東の都の大通りを歩きながら、亜弥が悠真に話しかける。

「ねえ悠真、今日はスイーツをゾフィーヌさんに持って帰ってあげようね」

頷いた悠真がふっと笑った。

「ゾフィーヌさんは元気になった途端、ものすごく食欲が沸いてきたようだね。それだけ元気になったってことだし、本当によかった」

安堵した笑みを浮かべ、亜弥と悠真はレストランかのんに入る。

「そうだ、悠真、ドーラさんのことだけど……」

ルノーの帰省やゾフィーヌの階段からの転落で、悠真にまだ告げていなかった。ドーラが出勤するまでまだ一時間ほどある。亜弥は、ドーラとフレットの母親について、グレイが調べてくれたこと、亜弥と悠真が王都の酒場タイガで、兄妹の母親に会っていることを悠真に話した。

「……あの時のイザベラというエルフ族の女性が？　そうだったのか……」

悠真は驚き、ため息を落とした。

開店準備を進めていると、ドーラが出勤してきた。

「おはようございます、アヤさん、ユーマさん。今日もよろしくお願いします」

「おはよう、ドーラさん」

ドーラははにかんだ笑みを浮かべ、店内を隅々まで掃除している。

彼女は一日ごとに仕事に慣れ、笑顔でお客さんと挨拶したり会話したりできるようになってきたところだ。丁寧な掃除が終わると、ドーラはトレイをひとつひとつ拭き、カウンターの内側に取り出しやすいように並べ、ルーナ茶の用意をする。

亜弥と悠真は、ランチ用に濃厚かぼちゃポタージュとチキンのトマト煮込みに取りかかった。

煮込む程に味が染み込む、チキンのトマト煮込みは、皮をむいたニンニクを香りが立つまで炒め、食べやすい大きさにそぎ切りにした鶏肉と、玉葱、人参、しめじを加えてさらに炒めた。

トマトの皮を湯剥きし、オリーブオイルを熱したフライパンで小さく切ったトマトを潰しながら炒め、全体がピューレ状になったら、風味とコクがでるように塩コショウで味付けした。コトコトと弱火で煮込めば完成だ。

「わぁ、いい匂いですね」

ドーラが思わず手を止め、うっとりしながら香りを嗅いでいる。

続いて、濃厚かぼちゃポタージュを作った。

かぼちゃの種とワタを取り除き皮をむいて小さく切ったものに、牛乳を数回に分けて加えながら、妖石エネルギーで動作する撹拌機に入れて、なめらかにする。

網で漉して撹拌したものを鍋に移し、火にかけ、塩コショウで味を調え、煮たつ直前に火を止めた。

「それから……」

テキパキと調理していると、ふいにカランコロンとドアのベルが鳴った。

「あらぁ、まだ開店してないのね」

そんな声と共に入ってきたのは、王都の酒場タイガで会ったエルフ族の中年女性——ドーラとフレット兄妹の母親のイザベラだ。

「あ……」

驚きのあまり、亜弥は思わず口を手で押さえ、悠真も動きを止めた。

あの時イザベラは、レストランかのんの料理を食べに行きたいと言っていた。

「アヤさんとユーマさんでしたね、どうも、どうも。酒場タイガのモナさんから美味しいと何度も聞いているうちに、王都二号店の開店まで待てなくて、夜中に辻馬車を飛ばして来ちゃいました。まだ開店前なのにごめんなさいね」

言いながら、イザベラはカウンター席に座った。

「東の都はあまり来たことがなくて……あら、エルフ族の娘さんが。給仕の子かしら」

イザベラがルーナ茶用のお湯を用意しようとして、固まっているドーラに気づいた。

じきにその顔に驚愕が浮かび、目が見開かれる。

「まさか……あの子……」

イザベラの言葉が途切れ、ドーラのほうも、自分を見つめるエルフ族の女性がイザベラだと——自分を生んだ女性だと、忘れ得ぬ小さな頃の記憶から、気づいたようだ。

ドーラは息を呑んで、隠れるように後ずさった。

「待って、ねえ、名前は？　ドーラというんじゃ……」

ドーラは逃げるようにぱっと背を向け、裏口のほうへ走って行った。

そのままバタンと扉が閉まる音が響き、足音が遠ざかる。

(ドーラさん、出て行っちゃった……)

亜弥は唇を噛みしめ、ドーラが出て行ったほうを唖然と眺めたままのイザベラの、青ざめた横顔を見た。

「……イザベラさん……」

こくりと喉を鳴らし、イザベラは血の気の引いた顔を伏せ、肩を震わせている。

重い沈黙が積もったあと、悠真がハッと顔を上げ、入口を見た。亜弥とイザベラもそちらを見る。

勢いよくドアが開き、店内に入ってきたのはフレットだ。その後ろにドーラもいる。

(ドーラさんが、フレットさんを呼んで来たんだわ)

弾かれたように振り返ったイザベラが、大きく口を開けた。

「ああ、面影《おもかげ》があるわ。あなたがフレットね。大きくなって……」

思わずつぶやいたイザベラを見て、フレットは眉間に深い縦じわを刻み、苦しそうに顔をしかめた。

「よく顔が出せたな」

恐ろしいほど低い声になったフレットが、イザベラを睨みながら続ける。

「父さんは、お前のせいで飲酒するようになって死んだ。お前が殺したんだ」

「えっ？」

長年の恨みをぶつけるような冷たいフレットの声に、イザベラは着古したワンピースの裾をくしゃくしゃと握りしめた。

「あの人、亡くなったの？　真面目で働き者だったのに。お酒を飲むようになったなんて」

「お前のせいだろう！　他人事《ひとごと》みたいに言うな！」

「お兄ちゃん」

今にもイザベラに飛びかかりそうな勢いのフレットの腕を掴み、ドーラはイザベラに言葉を投げる。

「お父さんは、お酒を飲むようになって仕事をしなくなったの。お兄ちゃんが畑をひとりで頑張ってくれた。お兄ちゃん、すごく苦労したの。だから……」

「そう……そうだったの。あの人、亡くなったの。あたしのせいね」

神妙《しんみよう》な顔で項垂れたイザベラに、フレットが眉根を寄せた。

「お前にとって大切なのは、あのダークエルフ族の男だけだろう。今さら父さんの死を悼《いた》むようなふりをするな！　あのダークエルフの男と楽しく暮らしているくせに！」

はっと顔を上げ、イザベラはゆっくり口を開いた。

「あたしが駆け落ちしたダークエルフ族の男性は、一年もしないうちに病気で亡くなったの。それからあたしは王都の工場で働きながら一人で生活してきた。何度もあなたたちのことを思い出して、その度に北の都へ帰りたいと思って……でも無理だよね。家族を捨てて男と逃げたのに、今さら許してくれなんて。だからあたしも、お酒に逃げるようになっちゃったの。あの人のこと、言えないわね」

あはは、とのんびり笑うイザベラに、フレッドがさらに苛立つ。

「何がおかしいんだ？　こんないい加減な女が母親かと思うと泣けてくる。父さんがかわいそうだ」

「それは……悪かったと思っているわ。働き者で子煩悩《こぼんのう》なあの人なら、あなたたちをちゃんと育ててくれると思って……」

「うるさい！　お前には母親としての責任も愛情もないのか。本当に最低だな」

息子から最低だと言われ、イザベラの顔が蒼白《そうはく》になる。

「……本当に、ごめんなさい。結局あたしは、家族みんなを不幸にしてしまったのね。あの人のお墓は、北の都にあるの？　ちゃんと謝りたいの」

バシッとフレッドがテーブルを叩いた。

「父さんはお前を恨んでいた。今さら墓参りなんか、ただの自己満足でしかない。二度と父さんの前に顔を出すな！」

「……そうね。あの人、嫌がるわね。わかったわ」

イザベラは目を潤ませ、ようやく再会できた息子と娘に、慈しむような視線を向ける。

「二人とも、大きくなって――本当にごめんね」

「止めろよ、今さら親らしい態度をとるのは。不愉快だ」

「兄さん……」

はらはらしながらドーラが兄と母を見つめている。

亜弥は両手を胸に当てた。日本にいた時も、この国に来てからも、大切な思い出がたくさん、胸の奥に宝石のように残っている。うれしいことも哀しいことも、悔しさや辛さもすべて、今の亜弥を作った宝物だ。

（……このまま別れてしまうと、フレットさんとドーラさんの心に後悔が残ってしまう。そしてイザベラさんはずっと苦しみ続けることに……）

憎しみ合うより、幸せで満たされた気持ちで過ごしてほしい。そのためにどうすればいいのか、亜弥にできることが、ひとつだけあった。

亜弥はトレイを三つ調理台に並べ、ランチ用に煮込んでいた濃厚かぼちゃポタージュとチキンのトマト煮込みをそれぞれ器に注いでトレイに載せ、明るい声を出す。

「イザベラさん、フレットさん、ドーラさんも、よかったら味見をしてくれませんか？

本日のランチAセットのチキンのトマト煮込みができました。スープは濃厚かぼちゃポタージュで、サラダもついています」

「僕は――帰ります」

言い切ったフレットを、「お兄ちゃん、待って」とドーラが止める。

「あの、あたしもいただいていいんですか？　仕事中なのに……」

おずおずと問うドーラに、亜弥は笑顔で頷いた。

「まだ開店まで時間があるから、三人でゆっくり食べてください」

亜弥と悠真は、テーブル席に料理が載ったトレイを三つ並べて置いた。

「ありがたいわ。あたし、お腹ぺこぺこなんです」

イザベラが遠慮なく席に着くと、ドーラが向かい合うように母の前に座った。

「お兄ちゃんも座って。一緒に食べて。……お願い」

ドーラが促すと、フレットは湯気が立つ器を見つめ、ごくりと唾を呑み込んだ。

「美味しそうだ……。僕は食べたら帰るから」

イザベラの方を見ないようにしてドーラの隣に座り、フレットはスプーンを手に取ると、チキンのトマト煮込みを口元へ運んだ。

オリーブオイルとニンニクの香りが鼻腔をくすぐり、口に含むと、トマトの風味が混ざって胃を直撃する。

抜いた。

「ああ……堪らない」

野菜の旨味が溶け込んだスープが体の中に染み渡るようで、フレットは思わず体の力を抜いた。

ドーラも目を閉じて咀嚼し、ほうっと息をついた。

「このお肉、とろとろだわ……」

トマトソースの風味が食欲をそそり、下味をつけた鶏肉は煮込む程に味が染みている。

「本当に、レストランかのんのお料理は美味しい……！」

誇らしげに胸を張るドーラと、うれしそうに頬をゆるませて食べるフレットを見つめながら、イザベラがスプーンを動かして口へ運ぶ。野菜と鶏肉の旨味が溶け合った極上の味が口の中にあふれ、野菜と共にやわらかく煮込んだ鶏肉は、口に入れた途端、歯を立てて噛まずとも、崩れるほどやわらかい。彼女は目を丸くした。

「美味しい！　あたし、こんな美味しい料理、初めて食べたわ！　お酒で乾いた体が潤っていく感じがするわね」

「……そんなに酒を飲んでるのか」

フレットが呆れた表情で母親を一瞥し、ドーラが「まあまあ」と宥め、深皿の濃厚かぼちゃポタージュを食べ始める。

「んっ、かぼちゃの甘味がたっぷりのスープだよ、お兄ちゃん。あったかくてすごく美味しい」

すぐにフレットも、湯気が立っている熱々の濃厚かぼちゃポタージュに息をふきかけながら口に運んだ。

クリーミーで濃厚なスープは、かぼちゃ本来の甘みがたっぷりで、呑み込んだ瞬間、体も心も温かくなるほど、ほっこり優しい味が全身を満たしていく。

「うわ……こんなスープが存在するのか」

甘く蕩ける儚い味に瞠目し、つぶやいたフレットが休みなくスプーンを動かす。

なめらかな舌触りのかぼちゃのスープは、極上の味を舌に残して胃に中へ落ちていき、やがて母親を許さないと決めている彼の心が、あたたかな料理に少しだけ解けはじめた。

ふと顔を上げたフレットは、イザベラがスプーンを持った手を止めて、じっとドーラと自分を見つめていることに気づいた。

「おい、何をぼさっとしている」

ぶっきらぼうに言いながら、フレットが母親の濃厚かぼちゃポタージュを指差した。

「冷める前に、こっちのスープも食べてみろ。すごく美味しいぞ」

「……」

イザベラが息を呑んだ。

「そうよ、すごく美味しいよ」

ドーラが母親に笑顔を向ける。

頷いてイザベラが濃厚かぼちゃポタージュをスプーンですくった。ふぅふぅと息を吹きかけ、ふと動きを止めた。

「どうしたの？」

ドーラが尋ねると、イザベラは顔を上げた。

「まだ小さかったフレットとドーラに、同じように熱い料理を冷まして、食べさせたことを思い出したの。『お母さん、おいちい』って。あたし、料理はあまり得意ではなかった。それでもあなたたちは美味しいと食べてくれたの」

幸せだった家族の日常を思い出し、イザベラは目を閉じて顔を伏せた。

「あたしが愚《おろ》かだったの……フレット、ドーラ……」

言いかけて、イザベラは口をつぐんだ。働き者の夫を裏切り、可愛い盛りの子供たちを置いて、男と逃げたのだ。何度謝罪しても時は戻らない。

潤んだ目をまたたかせ、涙を堪えながら、イザベラは濃厚かぼちゃポタージュを口に入れる。

口の中いっぱいになめらかでコクのあるかぼちゃの旨味が広がり、舌の上で甘い余韻と共に溶けていく。

「素朴な甘さが……懐《なつ》かしい優しい味がするわ。ああ、子供たちはかぼちゃが大好きだった……」

お母さんと呼ぶ小さな頃の二人の笑顔が、大きくなった今の二人に重なり、スプーンを持つ手がどうしようもなく震えてしまう。

フレットとドーラも、母と過ごした幸せな日々を思い出しているのだろう。二人は静かに目の前の皿をきれいに空《から》にした。

「本当に、美味しかったわ……」

かすれた声を出すイザベラに、ドーラが頷く。

「でしょう、あたし、このお店で働けることが、とてもうれしいの」

笑顔でそう言うドーラを優しく見つめるフレットが、イザベラのほうへ視線を向けた。

それは店に来たばかりの時とは違い、あたたかな料理に心身を満たされた、穏やかな眼差しだった。

イザベラは息子の視線を黙って受け止め、目尻に皺を寄せて見つめ返す。

ドーラも目元を和ませ、三人の間に、家族の絆を失った長い時間が、静かに降り積もる。

フレットが椅子を引いて立ち上がり、亜弥と悠真の方を見て、ぺこりと頭を下げた。

「すごく美味しかったです。本当にありがとうございました。ドーラをどうぞよろしくお願いします」

きちんと挨拶をしたフレットは、ドーラに「頑張れよ」と言って片手をあげ、イザベラのことは無視して、背を向ける。

「フレット――」

イザベラの声に振り向くことはなく、フレットはそのまま店を出て行った。

開いた扉から、一陣の爽やかな風が、店内に吹き抜けていく。

イザベラは小さくなっていく息子の背中を目に焼き付けるように、窓の外をじっと見つめた。

「それじゃあ、あたしは王都へ戻ります。ドーラ……元気でね」

イザベラは唇を噛みしめてドーラを見つめ、涙を堪えながら、厨房の方へ顔を向けた。

「アヤさん、ユーマさん、開店前にすみませんでした。あたし、今日の味を忘れません。あたたかくて優しくて、美味しい料理を……本当にありがとうございました」

深く頭を垂れ、顔を上げるとイザベラは店を後にする。

（……短い時間だったけれど、親子で食事をした今日の思い出が、イザベラさんを支えてくれますように。フレットさんとドーラさんにとっても、満たされた幸福な思い出として、心の残ってくれますように）

亜弥は心の中で祈りながら、唇を噛みしめ、食器を片付けているドーラの肩に、そっと手を置いた。

「ドーラさん、今日はお休みしてもいいよ」

亜弥の言葉に、ドーラはふるふると頭を振って「大丈夫です」と明るく答える。

じきに開店時間になった。

「それじゃあ、お店を開けるね」

亜弥はいつものように、ようこそ、と書かれた木製のプレートをドアにかけた。

すぐにカランコロンと優しいドアベルの音が響く。

「いらっしゃいませ！」

亜弥と悠真、そしてドーラの元気な声が店内に響いた。

第八話　レストランかのん二号店のオープンと正式な婚約へ

1

イザベラが来店した日から、細い糸のような雨が降り続いた。

ようやく晴れたのは、レストランかのん王都二号店が開店する一週間前で、その日は悠真が、王都へ旅立つ日だった。

閉店時間になり、「ありがとうございました！」と最後のお客さんを見送ると、亜弥は玄関にかかっているプレートを外して、店内に戻った。

片付けをしていた悠真が手を止め、亜弥とドーラに向き合った。

「お疲れ、姉さん、ドーラさん。これからこの本店を、よろしく頼みます」

「悠真……」

王都二号店の二階は、ノルトン氏一家の協力もあり、いつでも暮らせるように準備が整った。悠真は今夜、ファイ家の邸を出て、王都へ行ってしまうのだ。

「ここで姉さんと一緒に働くことができて、本当に楽しかった。ずっと忘れない」

深々と頭を下げ、悠真は笑顔で顔を上げた。

「そんな、私のほうこそ……悠真に……」

続く言葉が出てこない。

（王都で暮らすようになる悠真と、今までのように会いたい時、話を聞いてほしい時に、すぐに会えなくなってしまう……）

亜弥の胸が震えた。

離れていても姉弟だということは変わらないよ、と悠真は優しく言ってくれたし、王都二号店を出すのは、この国の人々に美味しい食事を楽しんでもらいたいという、亜弥と悠真の夢だ。

（うれしいはずなのに、こんなに寂しいなんて）

心の中の寂寥と不安を悟られないように、亜弥は小さく頭を振り、笑顔を作った。

「悠真がいてくれて、本当に助かったわ。どうか、王都二号店でも頑張ってね……」

目の奥がじんじんと熱くなってきて、亜弥は思わず両手で顔を覆った。

そばでドーラも涙ぐんでいる。

悠真は困ったように眉を下げ、自分より頭ひとつ分以上小さい姉を励ますように、小刻みに震える華奢な肩に、そっと優しく手を置いた。

「いつでも会えるよ。王都二号店の定休日には戻ってくる。遠くにいても、いつも姉さんのことを思っているから――」

「悠真……」

亜弥も同じ気持ちだ。離れていても、悠真の幸せを祈っている。

目を赤くしたドーラが、悠真に挨拶をした。

「ユーマさん、いろいろと優しく教えてくださって、ありがとうございました」

「僕の方こそ、頑張っているドーラさんから元気をもらいました。どうか姉のことをよろしくお願いします」

「はい……！」

力強く頷いてドーラが店を後にすると、悠真は改めてレストランかのんの店内を見回し、静かに頭を垂れた。

（悠真……）

亜弥は弟のそばに歩み寄ると、隣で一緒に深くお辞儀をする。

（ありがとうございます……）

姉弟で一緒にお店ができたことは、本当に幸せだった。これからは次のステップへ、東の都と王都に別れて、それぞれがお店を経営していく。これまで二人で頑張ってきたからこそ、その道が開かれたのだ。

悠真はゆっくりと顔を上げた。

「……姉さん、帰ろう」

穏やかな悠真の声色は、いつもと同じだが、明日からは聞くことはできなくなる。

亜弥は唇を噛みしめて店に施錠し、下がりはじめた気温と、やわらかく吹く風に包まれて、東の都の大通りを二人でゆっくり歩いた。

二人とも黙っているうちに、じきにファイ家の邸に着き、玄関アプローチをくぐって中に入る。

「お帰りなさい、アヤ嬢、ユーマさん」

いつものように、ハンナがパタパタと駆け寄ってきたが、今日は元気がない。

執事のラキとジーナもそばに来て、切なそうに顔を伏せてつぶやいた。

「いよいよ今夜ですね。ユーマさんがいなくなるのは寂しいです……」

ラキとジーナの寂しそうな声に、悠真は小さく微笑み、定休日には戻ってきます、と話している。

亜弥は悠真が出発する前に、馬車の中で食べられるようなお菓子を作ろうと思い、そっと厨房へ行くと、木籠を持って裏口から食材庫へ向かった。

（すぐに作れるお菓子を……卵と小麦粉と……）

厨房へ戻ると、丁寧に手を洗って、急いで『ミルクレープ』と『ショートブレッド』を作り始める。

「まずはショートブレッドから作ろう！」

誰もいない厨房で、亜弥は自分にエールを送るように元気な声を出した。

ボウルにバター、砂糖と塩、小麦粉を入れて混ぜ合わせる。高価なバターはあまり在庫がないので、オリーブオイルを加え、さらになめらかになるまで混ぜた。まとめて冷蔵庫で冷やす。

「その間に、急いでミルクレープを……」

ミルクレープは、ボウルに卵を割り入れてほぐし、砂糖と小麦粉を加えて混ぜ、バターとオリーブオイル、牛乳をさらに加えて混ぜ合わせる。

フライパンに生地を薄く伸ばすと、甘い香りがして、じきにふつふつと焼けてきた。竹串ではがして返し、焼けたクレープを皿に取り、次々にフライパンで焼いていく。

クレープの間にカスタードクリームとスライスした苺をはさみ、重ねていくと完成だ。

亜弥はショートブレッドの続きにとりかかる。

冷蔵庫で冷やした生地に打ち粉をして伸ばし、型に敷き込むと、フォークで穴を開けてから、妖石で動作するオーブンに入れて焼いた。

オーブンを開けると、ショートブレッドの甘く香ばしい匂いが広がってほっとする。

「間に合ったわ。そろそろ悠真の出発の時間……」

時計を見て、小さく息を吐き、ショートブレッドを熱いうちに包丁で切り分けた。

紙の小箱へそっと入れていると、ふいにコンコンと扉をノックする音がした。顔を上げると、レイオーンが立っていた。

「レイオーンさん、お帰りなさい」

悠真を見送るためだろう。レイオーンはいつもより早く帰ってきてくれた。亜弥は笑顔で彼のほうへ歩み寄る。

「亜弥……」

ささやくように名前を呼び、レイオーンは優しく微笑み、調理台のお菓子を見た。

「美味しそうな匂いがしていると思ったら、やっぱり亜弥は厨房にいた。……これはなんという菓子だ？」

「ミルクレープとショートブレッドです。夜通し走る辻馬車の中で、小腹が空いた時に、悠真に甘いお菓子を食べてほしいと……」

「そうか。ユーマくんはきっと、とても喜ぶだろう」

優しく言いながら、レイオーンは両手で亜弥の頬を包み込むようにした。

大きな彼の手から温もりが伝わってきて、胸が締め付けられたせいか、ふいに涙がこぼれ落ちてしまった。

「あ……ごめ……なさ……」

堪えていたものがじわじわとあふれてきて、ぽろぽろと涙が頬を伝い落ちていく。

あわてて涙を拭う亜弥の頭を両手で抱き寄せ、レイオーンが静かに言う。

「亜弥、泣いていい。涙を流すことで、気持ちが落ち着くこともある。俺の前では、何も我慢しなくていい」

寂しい亜弥の気持ちを汲み、労わるように亜弥の背中を撫でてくれる。

「ユーマくんと離れるのは辛いだろう、亜弥——」

「う……レイオーンさん……」

言葉が詰まり、ただ涙が次々にこぼれ落ちる。レイオーンも何も言わず、静かに背中をさすってくれる。

彼の腕の中はとても広く、あたたかい。抱きしめられると心臓が壊れそうなほど早鐘を打ち付けてしまうのに、彼がいるだけで不思議と安堵できる。

亜弥は彼にしがみつくようにして、しゃくり上げた。

「……ひっく、悠真……ひっく……」

ようやく涙が引いて、濡れた頬を手巾で拭っていると、パタパタと足音が近づいてきて、ハンナがひょいと顔を出した。

「アヤ嬢——あ、レイオーン様もこちらでしたか。……ハッ、お邪魔でしたか？　これは失礼しました。ユーマさんが、そろそろ出発するとおっしゃっているので」

ぴくりと肩が跳ねながらも、亜弥は「わかりました」と答えると、小箱を二つ抱え、レイオーンへ頭を下げる。

「おかげで、気持ちがすっきりしました。ありがとうございます」

彼は小さく頷き、亜弥の背中をそっと押す。

「一緒に、ユーマくんを見送りに行こう」

「はい……！」

笑顔で悠真を見送りたい。何の心配もいらないのだと、安心させてあげたい。亜弥はそんな気持ちで玄関アプローチへ向かう。

悠真はリュックサックを背負い、ジーナやラキやハンナたちと、穏やかな笑みを浮かべて話していた。

「姉さん。それにレイオーンさんも」

小さな頃から見慣れた悠真の笑顔に、亜弥の目の奥がじわりと熱くなったが、泣いてはいけないと唇を強く噛みしめた。

「悠真、これを――お腹が空いたら、馬車の中で食べてね。ミルクレープとショートブレッドよ」

小箱を差し出すと、悠真はうれしそうに目元をほころばせ、両手で受け取った。

「ありがとう、姉さん」

「荷物はそれだけ？　夜は気温が下がるから……」

リュックサックひとつ背負った悠真に聞くと、大方の荷物はあらかじめ王都へ送っているという返事が返ってきた。

「厚手の上着をリュックに入れているし、辻馬車には毛布もあるから、大丈夫だよ」

「そう……さすが、悠真はしっかりしているわ」

昔からそうだったと亜弥は思い出す。悠真のほうが兄のように頼りがいがあり、亜弥のことを心配してくれた。

「姉さん、無理しないで。困ったことがあったら、レイオーンさんに相談するんだよ」

「うん――」

やはり悠真のほうが年上みたいだと思い、小さく笑った途端、我慢していた涙がこぼれそうになってあわてて顔を伏せた。

そこへドスドスと足音を響かせて、夜着の上にガウンを羽織ったゾフィーヌがやってきた。

「いざ書こうと思ったら、用紙をどこにしまったか忘れて、大変でしたわ！」

打撲の痛みが残っているのか、少し顔を歪めながらも急ぎ足で、ぶつぶつ文句を言っているゾフィーヌの隣に、苦笑しながらルノーがついている。

「ユーマくん、見送りが遅くなってすまない。じつは君にひとつお願いがあるんだ」

やわらかな口調のルノーを遮り、ゾフィーヌが甲高い声を上げる。

「ユーマさん！　これをご覧になって。サインを……！」

息を切らしながら、ハンナやジーナたちを押し退け、悠真の顔にくっつける勢いで、手に持った書状を見せる。目を見開いた悠真がゆっくりと微笑んだ。

「これは……わかりました、すぐにサインします」

「ハンナ、すぐに記名台を持ってきて！」

ゾフィーヌが高揚《こうよう》した顔を向けると、驚いているハンナが、ハッと我に返った。

「はい、ゾフィーヌ様。直《ただ》ちに！」

唖然としている皆の横を通り抜け、玄関アプローチ横の物置部屋に入ったハンナが、すぐに木製の記名台を抱えて戻ってきた。

何が始まるのかと驚いているジーナたちの前で、ハンナは「よいしょ」と言いながら悠真の前に記名台を置く。

すぐにゾフィーヌが小さな棚を開け、つけペンを取り出して台の上に置いて、悠真のほうを見た。

「それじゃあ、お願いね、ユーマさん」

深く頷き、悠真は切れ長の双眸を細めて亜弥を見つめ、記名台へ視線を移すと、ペンを握ってさらさらとサインした。

ほうっとゾフィーヌが大きなため息をつき、用紙を受け取って大きな声を出す。

「——これで、婚約承認証ができましたわ！」

ゾフィーヌの声に、亜弥とレイオーンは顔を見合わせた。

「婚約承認証？　母上、それでは……」

ゾフィーヌは黙ったまま誇らしげに、亜弥とレイオーンが見えるよう、書状を開いて見せた。

そこにはロゼリフ国の正式な婚約承認証であることが記され、レイオーン・ファイとアヤ・カノンの名が記載されている。

——我々は二人の婚姻を認めますという言葉の下に、ルノーとゾフィーヌと悠真のサインが揃っている。

（ゾフィーヌさんが許してくれて、婚約承認証にサインをしてくれた……）

胸がいっぱいになり、ゾフィーヌのほうを振り仰ぐ亜弥の隣で、レイオーンが真剣な表情で口元を引き結び、母へ尋ねた。

「母上、本当ですか？　俺と亜弥の婚約を、認めてくれたのですか？」

ごほんと乾いた咳を二つほどして、ゾフィーヌはあらぬほうを向いたまま、誰とも目を合わせずに独り言のようにつぶやく。

「仕方がないでしょう。レイオーンがそうまで言うなら……許さないわけにはいきませんわ。爵位を持たない町娘と結婚する貴族が、最近は増えてきているようですし。アヤさんが結婚後もレストランをしたいと言うなら、勝手にすればよろしいですわ」

ゾフィーヌの言葉にルノーがお腹を抱えて笑いだし、大きな声でゾフィーヌの心情を暴露してしまう。

「相変わらず素直じゃないね。数日前まで痛みが引かず、気弱になって『あたくしが死んだら、アヤさんを助けてあげて。お店を続けながら、ファイ家当主の妻としての責務をこなすのは難しいから、ちゃんと見守って支えてあげて頂戴』なんて言ってたくせに」

「なっ、何ですって⁉　ルノー、何を言ってるの！　誰がそんなことを言ったのよ！」

じわじわと顔を赤らめたゾフィーヌが、体当たりをする勢いでルノーに詰め寄るが、彼はひらりとかわして、亜弥を見ながら、さらに言葉を続ける。

「アヤさん、ゾフィーヌは懸命に料理を作る君の姿を見て、応援したいって言ったんだよ。この通り素直じゃない性格だけどね」

「ルノー‼　何をべらべらしゃべっているの！　あっちへ行って！」

湯気がでるほど真っ赤な顔になったゾフィーヌを見て、ルノーはおかしくて堪らないというように、くすくすと笑い続けている。

目尻にしわを寄せたルノーの眼差しの奥に、妻への深い愛情が満ちていることに、亜弥は気づいた。

「亜弥――これで正式に婚約の証文を結べる。よかった」

「レイオーンさん」

満面の笑みを浮かべて、レイオーンが亜弥を抱き上げた。

花の香りと共に、やわらかな風が亜弥の黒髪と、レイオーンの肩章を揺らして吹き抜けていく。

「よかったです。大反対されていたゾフィーヌ様がようやく……」

ラキは亜弥とレイオーンの胸中を慮り、肘を曲げて顔を覆った。太った体が小刻みに震え、嗚咽が漏れる。

「お母様、大好きよ」

ジーナがゾフィーヌに抱きつき、ハンナは幾度も幾度も、ゾフィーヌに向かって頷いてみせた。

その様子を、目を細めて見つめ、悠真がレイオーンに声をかける。

「どうかこれからも、姉をよろしくお願いします、レイオーンさん」

レイオーンが悠真の肩に手を置いた。

「ああ、亜弥のことは心配いらない。俺が生涯をかけて、必ず守るから――。安心してくれ、ユーマくん。……いや、ユーマ。君は俺の自慢の義弟《おとうと》だ」

敬称を取って呼び捨てにしたレイオーンのあたたかな言葉に瞠目し、悠真はゆっくりと笑みを浮かべ、姉へと視線を向けた。

「姉さん、元気で」

「うん、悠真も……元気でね」

亜弥は悠真が安心して王都へ行けるよう、決して泣かないように、ぎゅっと拳を握りしめて笑顔で別れを告げた。

こちらの世界へ来たばかりの時、悠真とはぐれてしまった時とは違う。

今は居場所を知っているし、王都と東の都と離れていても、二人はともにレストランかのんを切り盛りするのだ。

皆が手を振る中、悠真を乗せた馬車が出発した。

ファイ邸のみんなが、馬車が見えなくなっても、玄関アプローチで立ちつくしている。

「ユーマさんがいないと、邸の中も寂しくなるわね」

ジーナのつぶやきに、しんみりとした空気に包まれる。その中、ゾフィーヌの声が響いた。

「これから忙しくなりますからね。アヤさん、覚悟はよろしくて？」

えっと顔を上げた亜弥に、腰に手を当てたゾフィーヌが眉を上げてぞんざいに言い放つ。

「正式な婚約は歌の披露《ひろう》がありますから、恥ずかしくないように練習しないといけませんわ！　それからダンスと社交界のしきたりも覚えてもらいます。アヤさん、ビシビシしごきますわよ」

「アヤ嬢ならきっと、すぐに覚えられます。頑張ってくださいね」

ハンナが笑顔でそう励ました。ダンスや社交界のしきたりなど何も知らない亜弥は、緊張しながら「はい」と頷いたものの、不安が込み上げる。

ジーナが肩をすくめた。

「確かに、正式な婚約者となれば、夜に開催される舞踏会や王宮行事へ参加することも多くなるわ。アヤさん、あたしも練習にお付き合いしますね」

ゾフィーヌが眉を上げて鼻先で笑った。

「あら、女学院で勉強中のジーナは、まだ人に教えるほど上手ではないでしょう？　あなたにも一緒に教えてあげますわよ」

「結構よ。お母様のダンスは古いから、アヤさんにはあたしがちゃんとお教えします」

「ムキーッ、あたくしのダンスは古くありませんわよ！　旅をしながらも、時々は舞踏会に顔を出していたのですから！」

すっかりいつもの調子が戻り、地団駄を踏むゾフィーヌに、ジーナだけでなく、ルノーやハンナたちも笑い出した。

空気がほっと和む中、亜弥はふと、ミルクレープとショートブレッドが残っていることを思い出した。

「よかったら、みんなでお菓子を食べませんか？」

亜弥の声に、その場にいた全員が頷いた。

「それでは、すぐに用意しますので、食堂へ来てください」

厨房に戻った亜弥は、小皿に食べやすくカットしたショートブレッドとミルクレープを載せて、ドアを開けたまま食堂へと往復する。

「お手伝いします、アヤ嬢」

すぐにハンナがテーブルにお菓子の皿を並べてくれ、涙を拭ったラキがルーナ茶を淹れてカップに注いでいく。

準備ができると、皆がテーブルに着いた。ルノーの隣にジーナとハンナ、その向かいにレイオーンと亜弥とラキが腰かけている。

「あら、お母様？」

いつも食事は三階で、ひとりで食べるゾフィーヌがルノーの横に座るのを見て、ルノーとジーナが不思議そうに顔を見合わせる。

「どうしたんですか、母上」

使用人と一緒に食べることはできないと、頑なに言い張っていたゾフィーヌに、レイオーンも小首を傾げている。

「べ、別に……。ほら、まだ足が痛むから、三階まで上がるのが大変で……それで、ここで食べようと思ったのですわ。それだけです」

ふんっと鼻を鳴らしてあらぬほうを向いたゾフィーヌの頬が、じわじわと赤くなっている。

レイオーンとジーナは黙って視線を交わすと、含み笑いを漏らし、腕を組んだルノーの口元にも、やわらかな笑みが浮かんだ。

亜弥とハンナも目を細めて頷き合い、みんなで食べ始める。

「アヤ嬢、この、断面がきれいなお菓子は何というのですか？」

尋ねたハンナに、亜弥はわかりやすく説明する。

「これはカスタードクリームと薄くスライスした苺をはさみながら、クレープを何枚も重ねたお菓子で、ミルクレープといいます」

早速フォークを手に切り分け、ハンナが口に入れた。

「ではいただきますね……んっ」

ぎゅっと目を閉じ、目尻に皺を寄せている。

しっとりした甘さが口の中に広がり、舌の上で果肉がつぶれ、甘酸っぱい苺と風味のあるカスタードクリームが混ざり合う。それらが互いの味を引き立て、絶妙なバランスで調和し合っている。

「美味しいわ！　さすがアヤさんの作るお菓子ね」

ジーナが片手で頬を押さえながら、感嘆の声を上げ、ラキが夢中で頬ばっている。

「こんな菓子は初めてです」

ルノーもうれしそうにつぶやき、フォークで形よく切った欠片を堪能していく。

「亜弥……すごく美味しい」

レイオーンが笑みを浮かべ、誇らしげな表情で亜弥を見つめてそう囁くと、亜弥も満面の笑みを浮かべて頷く。

「アヤさん、こっちのお菓子はなんですの？」

早食いぶっちぎりナンバーワンのゾフィーヌが、待ちきれないという表情で、丸型に焼き上げたショートブレッドを指差した。

「小麦粉《シャーロ》と砂糖と塩、それにバターを混ぜて作った焼き菓子で、ショートブレッドといいます」

切り分けたものを手に取り、ゾフィーヌがかぶりつく。

ほんのりと温かく、香ばしい香りがする。噛むとサクリと軽い食感と共に、やわらかな甘味が混ざって口の中で溶けていく。

「んまあ！　このあっさりした甘さといい、香ばしさといい、最高ですわ！」

次々にショートブレッドを手に取り、サクッサクッと音を立てて咀嚼していく。

ゾフィーヌはルーナ茶をごくごく飲んで喉を潤すと、ふぅと大きく息をついた。

「アヤさん、足りませんわ。おかわりを――」

「また今度、お菓子を作りますので、それまで我慢してください」

美味しい、もっと食べたいと言ってくれるのはうれしいが、食べ過ぎるのはよくないので、我慢してもらう。

（ゾフィーヌさんは食べるのが早いので、満足感を覚える前に食べ過ぎてしまう……）

きっぱり断った亜弥に、ゾフィーヌが「えーっ」と身をよじり、視界に入った夫の皿から、目にも留まらぬ速さでショートブレッドをひとつとって食べてしまった。

「それは、わたしの分だよ」

眉を下げ、不機嫌なルノーの声に、ゾフィーヌが「ごめんなさい、つい」と項垂れ、そんな夫婦の様子に、食堂は賑やかな笑い声に包まれた。

（悠真も、今頃辻馬車の中で食べているかな……）

亜弥は握りしめた手をそっと胸に当て、大切な弟へ想いを馳せた。

2

亜弥はレイオーンとの正式な婚約の証文を結ぶため、レストランかのんが終わってファイ家の邸へ戻ると、ゾフィーヌと共に歌とダンスの練習、社交界でのしきたりなどを学ぶようになった。

レストランかのんで料理を作り、邸で勉強して……と忙しくしているうちに一週間が過ぎ、いよいよレストランかのん王都二号店のオープン日を迎えた。

その日は東の都の大通りが休みなので、亜弥は悠真を手伝うため、夜中のうちに辻馬車に乗って王都へ向かった。

（悠真、いよいよね）

王都主要商店街の、レストランかのん二号店に着いたのは、翌朝の八時過ぎだ。

東の都の本店と同じ、赤レンガ調の壁と青色の屋根の外観を見上げ、改めて亜弥の胸がいっぱいになる。

ドアを開けると、カランコロンと優しくベルの音が響いた。

改装が終わった店内は、新しい猫足のテーブルと椅子が並び、真新しい木製の大きなカウンターや冷蔵ケースが置かれている。

「おはよう、悠真！」

「姉さん……！　ありがとう、こんなに早く、来てくれたんだ」

厨房で下ごしらえをしていた悠真が目を見開き、うれしそうに頬を緩めた。

手伝いに行くね、と伝えていたが、こんなに早く来ると思っていなかったのだろう。

悠真と会うのは、彼が王都へ旅立って以来なので、一週間ぶりだ。元気でいるだろうとわかっていても、こうして顔を見ると心底ほっとする。

「そうだ、ドーラさんが悠真さんによろしくって。本当は応援に来たかったんだけど、フレットさんが作っている畑の収穫を手伝うから、行けなくてすみませんって言っていたわ」

悠真はなつかしそうに頷いた。

「ドーラさんは、もう慣れた？」

「うん、大きな声でお客さんを迎えてくれて、お運《はこ》びも間違えずにできるようになったわ」

「よかった」

悠真が安堵し、いつもの優しい笑顔を浮かべた。

亜弥は持ってきたバッグから、悠真とお揃いの真っ白なコックコートを取り出して、奥の部屋で着替えた。

すぐに厨房に入って、悠真と一緒に開店準備に取りかかる。

「おはようございます！　アヤさんも早くから来てくれたんですね」

給仕を担当するタイガが、元気よくやってきた。彼は悠真が選んだ、男性用のシンプルなエプロンを身に着けて、それがなかなか似合っている。

タイガはルーナ茶を準備したり、トレイや食器を取りやすいように並べたりしている。

少しして赤毛の少女、フリーゼが顔を出した。彼女はおずおずと悠真に報告する。

「あの、ユーマさん、開店一時間前なのに、もう二号店の前に、人が並んでいました」

オープン初日ということで、今日はランチもスイーツも全部半額だ。きっとすごく忙しいだろう。

「あ、アヤさん！　おはようございます」

悠真に見惚れていたフリーゼは、厨房の奥にいる亜弥に気づくと、駆け寄ってきた。

「おはよう、フリーゼちゃん。お手伝いに来てくれたの？」

「はい！　今日はすごく忙しいだろうから、ユーマさんのお手伝いに行ってきなさいって父さんが」

ノルトン一家のあたたかい励ましが本当にうれしい。

「ありがとう、フリーゼ。助かるよ。ノルトンさん一家には、お世話になりっぱなしだ」

感謝の気持ちを込めて、悠真がフリーゼの赤毛にそっと手を置くと、顔を真っ赤にしながら、彼女は何をすればいいのかと尋ねた。

「布巾《ふきん》でテーブルの上を拭いてくれるかな」

「はい、ユーマさん」

フリーゼは悠真から布巾を受け取ると、水で洗って硬くしぼり、テーブルの上を丁寧に拭いていく。

カランコロンとベルが鳴り、勢いよくドアが開いた。そちらを見て亜弥と悠真は驚いた。

「ジーナさん、ハンナさんも……それにゾフィーヌさんまで」

シンプルなワンピース姿のジーナとハンナ、二人とは対照的に、豪奢《ごうしゃ》な真紅のドレスを纏ったゾフィーヌが店内に入ってきた。

「このたびは二号店の開店、おめでとうございます！」

ジーナとハンナが声を揃え、ゾフィーヌがドスドスと足音を響かせて店内を歩き回っている。

「ふうん、東の都のレストランかのんと、よく似ているわね」

「ええ、姉と相談して、外観も内装もイメージを統一しました」

「ゾフィーヌさん、ジーナさん、ハンナさん……みんな、来てくれたの？」

何も聞いていなかったので、亜弥が驚いていると、ジーナがふふふと笑った。

「アヤさんに言うと遠慮するだろうから、秘密にしていたの。ユーマさんにも会いたかったし」

遠いところを早朝から来てくれた気持ちを思い、胸の中であたたかいものが込み上げてくる。

ハンナが思い出したように、ぽんと手を打った。

「レイオーン様からご伝言です。今日は王都の騎士団本部で会議があるので、閉店までに